寡黙なる巨人

多田富雄

集英社文庫

寡黙なる巨人　目次

考える

暮らす

楽しむ

寡黙なる巨人

I 寡黙なる巨人

はじめに

あの日を境にしてすべてが変わってしまった。私の人生も、生きる目的も、喜びも、悲しみも、みんなその前とは違ってしまった。

でも私は生きている。以前とは別の世界に。半身不随になって、人の情けを受けながら、重い車椅子《くるまいす》に体を任せて。言葉を失い、食べるのも水を飲むのもままならず、沈黙の世界にじっと眼を見開いて、生きている。それも、昔より生きていることに実感を持って、確かな手ごたえをもって生きているのだ。

一時は死を覚悟していたのに、今私を覆っているのは、確実な生の感覚である。自信はないが私は生き続ける。なぜ？　それは生きてしまったから、助かったからには、としかいいようはない。

その中で私は生きる理由を見出《みいだ》そうとしている。もっとよく生きることを考えている。

これは絶望の淵《ふち》から這《は》い上がった私の約一年間の記録である。

発端その前夜

それは二〇〇一年の五月二日のことだった。

私にとって忘れられない恐ろしいことが起こったのは。満六十七歳の誕生日を迎えてまもなくのことだった。

私はアメリカへの出張から帰って、すぐに山形に病気で臥《ふ》せっている恩師を訪ね、その足で列車を乗り継ぎ金沢で待っていた友人のところにたどり着いた。歓迎の心づくしのワインで乾杯したとき、ワイングラスがやけに重く感じられた。重くてテーブルに貼《は》りついているようだ。なんだかおかしい。それが後で思えば、予兆だったのだ。

翌朝手洗いに行って紙を使うのに力が入らない。不審だと思ったが、しばらくすると元に戻った。不安にかられて、東京の妻のところに電話して、体調不振を告げた。妻は内科医だから、今夜は早めに帰ること、検査の用意をしておくといった。

しばらく前から喘息様《ぜんそくよう》の発作があるので、金沢の漢方医の診察を受けていた。異変が起こったのは診察の最中だった。話をしていたらにわかに口がきけなくなり、頭の中が真っ白になった。手足の力が抜けて、診察台のほうへ倒れこんだ。

すぐさま救急車が呼ばれ、金沢医大の付属病院に担ぎ込まれた。救急車のサイレンを後ろに聞きながら、私は担架に横たわった。酸素マスクの下で、これは大変なことになったらしいと初めて心配になった。屈強な看護師が頻繁に血圧を測ったが、異常はない様子だった。その間意識は失われることはなかった。

症状は一過性で、救急車に乗せられると、すぐ消えてしまった。私は起き上がろうとしたが押さえつけられ、モニターにつながれたまま身動きできなかった。

二十分ぐらい揺られたであろうか。突然車が止まり、あわただしく、大きな検査室に運び込まれた。型どおりの診察の末、緊急入院ということになった。病状のただならぬことは、時を移さず教授が呼ばれ、抗凝固剤の点滴などが開始されたことからも知られた。

私は半信半疑だったが、夕刻になって東京から妻が呼ばれた。事情を知った妻は、枕《まくら》もとで心配そうに見守っていた。しかし私自身は、もう大丈夫、もう大丈夫と繰り返していた。

二回目の発作が襲ったのは午後五時過ぎだった。夕食の途中で急に金縛りのように手足が動かなくなり、体の自由が失われてベッドに倒れこんだ。しかしこのときも一過性の虚血で、医師が駆けつけたときにはもう治っていた。私はまだことの重大さに気づいていなかった。MRI（核磁気共鳴装置）やCT（コンピューター断層撮影法）があわただしく追加され、抗凝固剤などが投与された。このあたりから夢を見ているようで、ただあれよあれよという感じだった。はっきりしていることは、私が少しも動転していないことだった。

死の国からの生還

妻に冗談をいっているうちに、睡眠剤のせいかいつの間にか深い眠りに落ち込んだ。後で聞くと何度か目を覚まし、断片的なことをしゃべったそうだが、その間に見たことは一続きのものだった。

私は死の国を彷徨《ほうこう》していた。どういうわけかそこが死の国であることはわかっていた。不思議に恐怖は感じなかった。ただ恐ろしく静かで、沈黙があたりを支配していた。私は、淋《さび》しさに耐え切れぬ思いでいっぱいだった。

海か湖か知らないが、黒い波が寄せていた。私はその水に浮かんでいたのだ。ところが水のように見えたのは、ねとねとしたタールのようなもので、浮かんでいた私はその生暖かい感触に耐えていた。

私のそばには一本の白い腕のようなものがあって、それが私にまとわりついて離れなかった。その腕は執拗《しつよう》に私をタールのような水に引きずり込もうとしていた。どこまでも、どこまでも離れようとしない。私は白い腕から逃れようとあがいていた。

あれは誰《だれ》の手、私の手ではあるまい。でも誰の手であろうか。こんな気味の悪い経験をしたことはなかった。

私はその手につきまとわれながら、長い間水の上を漂っていた。そうこうするうちに大きな塔のようなものが見えてきた。四角な威圧的な塔だ。窓のまったくないのっぺらぼうの塔だった。

下は見渡す限りのスラムだった。荒れ果てて人が住んでいる形跡はない。それがさっきのタールのような海に続いていた。塔の上には一本の旗が立っていた。それが風に翻っているのが、夜目にもはっきりとわかった。これは死の国に相違ない。それならば神様がいるかと思って探してみたが、どこにもその形跡はなかった。

こんなところまで来てしまったからには、もう帰るわけにはいくまい。ものすごく淋しかったが、不思議に恐怖感はなかった。でも、あんな孤独感を味わったことはなかった。

もう諦《あきら》めていたのに、目を覚ましたのは明け方であった。まず目に入ったのは妻の心配そうな顔だった。寝ずに見守っていたのだ。安堵《あんど》の気持ちが表情に表れている。

もう大丈夫、と声をかけようとしたが、なぜか声が出なかった。なぜだろうと思う暇もなく、私は自分の右手が動かないのに気づいた。右手だけではない。右足も、右半身のすべてが麻痺《まひ》している。嘘《うそ》のようなことだが、それが現実だった。

訴えようとしても言葉にならない。叫ぼうとしても声が出ない。そのときの恐怖は何ものにも比較できない。

もう死んだと思っていたのに、私は生きていた。それも声を失い、右半身不随になって。カフカの『変身』という小説は、一夜のうちに虫になってしまった男の話だが、私もそんなふうであった。到底現実のものとは思えなかった。

私は頼りないうめき声で助けを求め、身もだえするほかなかった。これは大変なことになってしまったと思ったが、訴える術《すべ》がなかった。どうなることか、考えがまとまらず、私は声にならない声ですすり泣くしかなかった。

脳梗塞の診断

まもなくストレッチャーに縛りつけられ、核磁気共鳴装置（ＭＲＩ）の検査室に運ばれた。瞬く間に密室にある大きな機械装置にくくりつけられた。抵抗しても無駄なことはわかっていた。

耳のそばで、ポカンポカン、ポヤポヤポヤ、と音がし始め、それがジーコジーコ、ガーガーガーというような音に変わった。なんだか非現実の世界に入ってしまったようだった。やがて音はすさまじい騒音となり、私は助けを呼ぼうとしたが声は出ないし、逃げることなんかできるはずがない。舌がよじれて喉《のど》に落ち込み、およそ三十分後に息も絶え絶えになって救出された。夢ならば覚めよと思ったが、それが現実だった。

妻が「大丈夫？　大丈夫？」と尋ねているが、大丈夫どころではなかった。声が出ないので答えることなどできない。身動きもできぬままストレッチャーに縛られ、呆然《ぼうぜん》としていた。

しばらくして担当の医師から結果を聞かされた。まだ病気は固定していないが、左の中脳動脈の塞栓《そくせん》による脳梗塞《のうこうそく》で、このまま経過すれば生命には別状はないと説明があった。山ほど聞きたいことはあったが、しゃべれないのでうなずくばかりだった。脳の解剖図をコピーしてくれたので、もう少し広く障害が起これば命にかかわったし、ちょっと外れてくれたので人格に異状はなかったということだけはよくわかった。

でも梗塞巣《こうそくそう》とは反対側の右に、運動障害が起こり、以前にやったと思われる右の小梗塞巣とあいまって、仮性球麻痺が起こり、そのため嚥下《えんげ》障害や言語障害が起こっているというのである。球麻痺というのは、両側性の脳幹部の梗塞で起こる言語および嚥下障害である。脳梗塞のほかに、筋萎縮症《きんいしゅくしょう》やエイズの末期などの神経疾患でも起こる。

だから一歩間違えれば命にかかわった梗塞である。厄介なことになったものだ。なんと私は右側の重度の片麻痺のみならず、言葉を失い、その後、年余《ねんよ》にわたって私を苦しめることになった、舌や喉の麻痺による摂食の障害まで引き受けてしまったのだ。

発作直後

確かに私は死ぬはずだった。その後数日の間、私には夜も昼もわからなかった。眠っては起き、夜も昼もなかった。ベッドに入っていても、検査や診察などで起き上がっているときも、わけのわからない苦しみにいつも悶《もだ》えていたようだ。でも記憶は断片的なものに過ぎない。

眠っている間に、麻痺のために舌が喉に落ち込んでしまうので、常に電動ベッドの背を四十五度くらいに上げていなくてはならない。その間に、体がずり落ちてしまうので、頻繁に体位を交換しなくてはならぬ。言葉がしゃべれないので、妻に「体位交換してください」と紙に書いてもらった。必要なときは看護師を呼んで、その紙を見せて引きずり上げてもらうのだ。看護師はそれを見て、二人がかりで私をずり上げる。

喉にはいつも痰《たん》のようなものが絡んでいた。しつこい痰が、いつまでも胸に引っかかっていてどうしようもない苦しさだ。やはり妻に「痰を取ってください」と書いてもらって、それを見せる。看護師は吸引機につながった管を喉に差し込んで、痰を引く。そうしないと肺炎を起こす危険があるのだ。

しかし喉の痰はいったん取れても、胸の奥でずるずるいっている。しつこい痰は取れていない。ゴホンと咳《せき》が出てしまえば嘘のように楽になるのだけれど、そちらの方がもっと苦しい。咳払いができないのだ。この世に咳止めというのはあるが、咳を誘発する薬はないのだろうか。

毎夜毎夜執拗な痰に苦しめられ、看護師に引いてもらう。引くのが上手な人もいれば、何度やっても引けない看護師もいる。どうしても取れないときは、鼻からチューブを気管の方に差し込んで、激しい咳とともに痰を排出させる。苦しいことは筆舌に尽くせないが、痰に苦しめられるよりはましだ。

看護師の中に、これが上手な人がいる日は安心だが、いない日は喉の痰が一日中気になる。夜になると痰の苦しみに耐えがたく、胸を切り裂いても痰を出したいと、ベッドの中で思い悩むのだった。殺してくれと妻に訴えようと何度思ったか知れない。しかし訴えようにも、どうにも声が出ないのだ。苦しみながら胸をかきむしり、どうしても耐えられないときはのけぞって体をゆするほかはなかった。

地獄の始まり

私は間もなく、今まで何気なくやっていたことができなくなっていることに気づいた。たとえば唾《つば》を飲み込むこと。医師に「ごくんと唾を飲み込んでください」などといわれても飲み込むことができない。そのごくんができないのだ。だから涎《よだれ》がとめどなく流れる。いつもだらしなく涎をたらしている。

咳払いすることもできない。喉の奥に痰のようなものが絡んでも、咳払いして排出することが不可能だった。ついには気管の方に流れて、それも排出することができないので、喉が詰まったようになって激しい咳き込みが起こる。咳で取れればよいが、いつまでたっても詰まったままだ。

うがいをすることもできない。水を飲み込まずに口に含んだままにすることができないから、歯磨きをしても口をすすげない。あるとき水を口に含んだとたん、目の前が真っ白になって激しく咳き込んだ。それからというもの、歯磨きをするときは細心の注意を払わなければならないことに気づいた。ましてやガラガラと喉を洗う、うがいなどできるはずがなかった。

それがどういう苦しみにつながるのか、その時点では知る由もなかった。嚥下がうまくいかないのも、唾が飲み込めないのもそのせいであった。嚥下がうまくいかないとは、どんな苦しみなのかは、障害を持った人しかわかるまい。痰が絡んでも出せないのは、地獄の苦しみなのだ。

一例をあげよう。まず水が一滴も飲めないのだ。喉がからからに渇いても、水を飲むことができない。湿ったもので喉を潤すこともできない。医師からは注意されていたが、ある朝不用意に水を飲もうとした。そのとたん激しくむせ、頭が真っ白になった。驚いたことに私は数ccの水に溺《おぼ》れた。

水だけではない。己の唾液《だえき》でむせるのだ。不用意に唾を飲むことはできない。失敗すれば激しく咳き込み、後まで胸のあたりに痰が絡む。そればかりか肺炎の危険がある。

喉の麻痺は嚥下困難だけではなかった。嘔吐《おうと》反射が消失していたのだ。喉に指を突っ込んでも、どうしてもおえっという反射が起こらない。これらのことがどんな苦しみにつながるかは後になってわかった。

嚥下造影

嚥下の機能を見るために嚥下造影という方法がある。リハビリ科に嚥下の専門家がいたのは私にとって幸運だった。その診察の日、私は緊張してレントゲン室に向かった。

レントゲン撮影機に抱きかかえられて乗り、座った椅子は四十五度に固定された。苦しかった。造影剤をスプーンで一口含むと、もうむせてしまう。注意深く一飲みすると、危険だからもう中止だという。

透視室に一緒に入っていた妻が、汗を拭《ふ》きながら出てきた。危なくて到底見ていられないという。造影剤を含んだ水が、気管の方へちょろっと入ってしまうのだという。危なくて見ていられなかったというのだ。

日を改めてもう一度繰り返した。今度は水のほかにゼリー状のものを飲んだが結果は同じだった。嚥下反射が起こらないので、食道でなく気管の方に行ってしまうのだ。

しばらくの間（その期間がどのくらいになるか知れないが）、喉に差し込んだままのチューブは抜くことはできないと宣告されて私はまた絶望した。しかし鼻から入れたままではなくて、口から食道までそのつど挿入することになったのはせめてもの慰めだった。普通ならここで胃瘻《いろう》（胃に直接栄養を送り込む穴）を作られてしまうところだ。食事の前に、医者である妻がチューブを差し込む処置を行う。

食事といっても、どろどろの液体を注入するだけだ。それまでは鼻に通したチューブに、液状の栄養剤を流し込んだが、それからは妻が毎回入れたチューブに変わった。いつも鼻にチューブをつけたままいる煩《わずら》わしさからは逃れることができたが、今度は一日三回チューブを飲み込まなければならない。

その間に飲み込みの訓練をする。そのためのゼリー状の液体も用意した。少しずつ飲んで喉の反射を促すのだ。

茸《きのこ》のにおいのする液体で訓練を始めようとしたとき、恐れていた事態が起こった。熱が出たのだ。三十八度五分であった。肺炎、そう思って私は観念した。もう安らかに死なせてくれ。しかし発熱は一日でおさまり、私は死ななかった。でも飲み込みの訓練は中止されたまま再開されることはなかった。私は金沢にいた丸二カ月間口からものを食べることなく過ごしたが、体重は元のままだった。

病気の認識

発作から数日の間は、この病気が自分にどんな意味を持つのかがよくわからなかった。体は麻痺していたが、そのほかは夢うつつで、自分がどんな状態に置かれているかは定かでなかった。どうも大変なことに陥ってしまったという思いだけが去来した。半醒半睡《はんせいはんすい》の状態だったらしい。

それがさらに数日を経ると、症状も固定し病気の認識が可能になった。この右の麻痺は左脳に広範な梗塞が起こって生じたものらしい。脳梗塞だとすれば、もう元には戻らないだろう。受容しなければならない運命だ。どうしようもないことだ。その中でどのようにして自分を維持してゆくか。対策といっても、思いつくようなものはない。医師に尋ねたくても口がきけないから尋ねようもなかった。思いもかけない事態になった。これから機能回復を図り、生きられるものなら生きてゆかなくてはならぬ。それができるかどうか。

社会学者の鶴見和子《つるみかずこ》さんは脳出血で倒れたとき、まず自分の蔵書を図書館に寄付し、身軽になって療養に専念する覚悟をしたという。そんなことは私にはできそうもない。心はうろたえるばかりで何も行動にならない。受容することの難しい病気だ。私はうじうじと考えもだえた。

主治医からいわれたことは、麻痺は三日、三週間、三カ月という感じで幾何級数的に治ってゆく。三日が過ぎると三週まで待たなければならぬ。三カ月たっても機能回復が起こらなければ、三年、いやもう治らないかもしれない。後はごくゆっくり回復するだけだ。治るものはきわめて早く良くなるが、後は治るとはいえない。ただ言葉は後になっても改善されることもあるから、失望してはいけない、ということだった。

もう三日はとうに過ぎた。間もなく三週間がやってくる。改善の様子はない。三カ月で本当に良くなるだろうか。もはや回復は無理と考えた方がいいのではないか。はげしい喪失感が私を襲った。もう希望など捨てた方がいい。いっそさばさばした空気の中に私は浸った。この病気はもはや治らない。何とか適応して生きよう。どうせ長くはないだろう。

自己は維持されたか

それより私が心配したのは、脳に重大な損傷を受けているなら、もう自分ではなくなっているのではないかということであった。そうなったら生きる意味がなくなる。頭が駄目になっていたらどうしようかと心配した。それを手っ取り早く検証できるのは、記憶が保たれているかどうかということだった。

まず九九算をやってみたが大丈夫だった。覚えているはずの謡曲を頭の中で謡《うた》ってみた。初めは初心者の謡う『羽衣《はごろも》』をおそるおそる謡ってみたが、全部思い出すことができた。私が病気になる前に、鼓のおさらい会で打った『歌占《うたうら》』の謡曲はどうか。難しい漢語の並んだ文句だ。これも大丈夫だった。

しかし、死んで三日目に蘇《よみがえ》って、その間に見てきた地獄の有様を物語るという能『歌占』である。地獄のクセ舞[*1]と呼ばれる謡《うたい》の、「飢ゑては鉄丸を呑《の》み、渇しては銅汁を飲むとかや」という文句を思い出しているうちに、今の自分の境遇を思い起こして、嗚咽《おえつ》してしまった。

もう五日もたつのに、私は飲まず食わずで、すべては鼻から通した経管栄養で補われていた。それから丸二カ月の間、私は飲むことも食べることもできず、医師の管理下で栄養剤も水も薬も、すべてチューブを通して与えられた。それでも体重は減らず衰弱もしなかった。この方面の医学の進歩のせいだろう。昔だったらとうに死んでいたはずだ。

しかし、何も食べなくても糞《ふん》は出る。まるで私はチューブで栄養を入れられて排《はい》泄物《せつぶつ》にする、糞便製造機のようではないか。私はポータブルの便器にまたがっていきむ。それにしてもいつもなんとも思わなかった便座の痛いこと。正常の人は、自然に大臀筋《だいでんきん》を動かして調節しているのだろう。麻痺すると動かすことができないから便座の穴にすっぽりと落ち込んでしまいそうだ。

何日も溜《た》まった糞便を排泄するのは容易ではない。冷や汗を流しながらいきんでも、まるで沈黙を強いられたように腸は動こうとしなかった。私は腹圧のかけ方まで忘れてしまったらしい。いきんでいるうちに麻痺した腕は、緊張して固まってしまう。

苦しくて看護師に浣腸《かんちょう》をしてもらう。それでも出ないときは、便を手で掻き出《かきだ》してもらうほかない。看護師は、ちっとも嫌がらずにこの大変な作業をやってくれるが、私のほうは叫び出したい苦しみだ。

排尿もベッドでする。慣れないうちはなかなか出ない。何とか立ち上がって、妻に尿器を持ってもらい何とか済ませる。言葉で尿器の位置などを説明できないので、つい妻に手荒なことをしてしまう。尿をするのが怖くて、長い間こらえてしまう。

排尿の苦しみと不安で頭がいっぱいになる。

鎌倉《かまくら》時代の『地獄絵巻』に、糞便地獄というのが描かれているが、あれは便つぼに落ちた餓鬼を描いたものだ。しかし本当は、便が出ないで苦しむ、あるいは下痢に苦しむ病人のことを描いたに相違ない。これこそ地獄の苦しみなのだと、私は考えた。

何もしないでベッドに寝ているだけで、ものも食わずに糞をためている。排泄するのも人工的にする。それでは文字通り糞便製造機になってしまったようなものだと、私は自嘲《じちょう》した。

困惑

突然こんなことになって、後をどうすればいいのだろうか。私のスケジュールは詰まっていた。まずスウェーデンの国際免疫学会で講演の予定が入っている。私が三年間プレジデントを務めたこともあり、今度の学会で引退するので、労をねぎらってディナーが開催される。学者としての花道である。その日はもう目前に迫っている。講演の原稿も書いてある。キャンセルの手紙を書かなければならぬ。字は書けない。言葉はしゃべれないから、指示することもできない。どんなに仲間の研究者や友人ががっかりするだろうか。華やかな会食の場面を思い浮かべては悲しくなった。

外国出張の予定も目白押しだ。特にこの秋予定されているカナリア諸島での会議には、久しぶりに妻も同行することになっていて、ずいぶん前から準備していた。そのほか今年だけでも、シカゴ、カンボジア、ケニア、韓国などに行く予定があった。どれもこれも仕事半分だが、楽しみにしていた旅行だ。みんな諦めなければならない。それより体も動かず言葉もしゃべれない状態で、主催者にどうやって断ればいいのか。

講演の約束や、対談の依頼など、考えると申し訳が立たない。みんなキャンセルしなければならぬ。ことに鶴見和子さんとの対談は、日にちまで決まっていた。偶然にも同じ病気に冒されたもの同士になって、運命の不思議さを感じた。

新聞や雑誌の連載もある。曲がりなりにも文筆を仕事としてきたものが、右手が麻痺し、声さえも出ない。利き腕なしでどうして文章が書けようか。言葉がしゃべれないので、口述筆記などの手段さえ使えないとすれば、もう終わりである。私は手で原稿を書いてきたので、ワープロなどの使い方も知らない。

私は四十年余りも、大倉流《おおくらりゅう》の小鼓を習ってきた。二百番あるお能のほとんどの曲は習った。自分でいうのは気が引けるが、玄人でもそんな音は出ないといわれたほど、美しい音を出してきた。毎日それを打って老後の楽しみにしてきた。何百万円もする道具を持っている。

もう打つことはできない。

考えているうちにたまらない喪失感に襲われた。それは耐えられぬほど私の身を嚙《か》んだ。もうすべてを諦めなければならない。

つらい日常

私のように日の当たるところを歩いてきたものは、逆境には弱い。何もかも心を萎《な》えさせる。妻が席をはずして一人になると、涙が止まらなかった。感情失禁ということもあって、よく泣いた。不安で気が違いそうになることもあった。夜半に目覚めて、よじれて動かない右手右足を長いこと動かそうと試み、どうしても動かないと知ってひそかに泣き続けたこともあった。

時々今の状態が夢で、本当は元のままなのではないかと疑うこともあった。夢の世界が続いているのだから、覚めれば元に戻ると本気であたりを見回したこともあった。でも現実は、麻痺した右半身と声のない世界にいる私を発見し、失望を繰り返した。

沈黙の世界

一言も言葉をしゃべれないまま、二カ月をこの病院で過ごした。初めは、そのうち声くらいは出るだろうと思って高をくくっていたが、それは完全な間違いであることがわかった。三週目ごろから、言語の訓練が始まった。

母音に始まりマ行の練習、そんな簡単なことができないので、私は絶望した。発音では鏡を見ながら練習する。初めて鏡を見せられて、私はあっと息を飲んだ。これが私なのであろうか。鏡に映っているのは、ゆがんだ無表情の老人の顔だった。

右半分は死人のように無表情で、左半分はゆがんで下品に引きつれている。表情を作ろうとすれば、ますますゆがみはひどくなった。顔はだらしなく涎をたらし、苦しげにあえいでいた。これが私の顔か。

ミケランジェロの『最後の審判』に、皮をはがれ、ぶら下げられた男の像がある。政敵におとしめられたミケランジェロの自画像だといわれている。まるでその男のように醜悪な顔がそこにあった。びっくりして発音の訓練どころではなかった。それは恐怖に近かった。

その恐怖が顔に表れて、顔はますます引きつった。顔の右半分が動かない。動かそうとすると、顔は左に引き寄せられ醜くゆがんだ。思い出すのもいやな下品で粗野な、地獄からの使者のように思われた。私は言葉の訓練も忘れて、鏡の中の自分の顔と心の中でしばらく格闘した。

驚きはそれだけではなかった。舌がまったく動かないのだ。舌を出して御覧なさいといわれても舌はビクリともしない。まるでマグロの切り身のように、だらりと横たわっている。舌を上の歯の裏側につけて、といわれようと動きはしない。ましてや、タッタッと舌打ちしてなどというのは無理というものだ。

軟口蓋《なんこうがい》の動きがまったくないので、声を出そうとしても全部鼻に抜けてしまう。ただスースーと風のような音がするばかりだ。私は沈黙の世界に閉じ込められてしまった。

私の唯一の外部とのコミュニケーションの手段は、トーキングマシンという、ボタンを押して文章にすると声になって出る機械を利用することだった。

私はしゃべれないにもかかわらず、トーキングマシンでこっけいなことばかりいうので、私の病室はいつも笑い声が絶えなかった。私は看護師たちの人気者だった。それに大勢の見舞い客に囲まれ、一見楽しいときが流れているように見えたに違いない。しかし見舞い客がいっせいに帰ってしまうと、静かになった病室は、海藻に囲まれた海の底のようだった。私は水草の陰からじっと目を凝らしている深海魚のように、孤独だった。去るものは日々に疎しかと、私は自嘲した。そうだろう。しゃべることができない私なんて、きっと退屈以外の何ものでもないだろう。

絶望の淵から

朝よじれた体に気づいて目を覚ます。寝返りができないので、一夜のうちに手足は固まって痛む。麻痺した方は抜けるように痛い。体を動かすと、関節が痛くて泣きたいほどだ。

これから毎日これとともに起きなければならない。朝起きたときからいやな痰が喉に絡んでいる。さわやかな風とともに起き出し、剃刀《かみそり》のそり心地を右手で確かめるという習慣はもう二度と戻ってこない。

朝食を軽く食べて、朝のコーヒーとともに一日にやる仕事の段取りを考えるなど、飲めないのだし食べることもできないのだから、もう一生ありえないだろう。それとも、いつかはものを口から食べることができるのだろうか。だが当分は、労働を終えて、渇いた喉で水をごくごく飲む喜びはもう味わうことはできない。

声を失い、誰にも語りかけることができない人間を誰が相手にするだろうか。そんな退屈な障害者の家になど、誰も友達が来なくなるだろう。

実際、徹夜で看病してくれた妻に、ねぎらいの言葉一つかけられないのだ。それは身を切られるようにつらかった。疲れた体で介助する妻の髪に白いものが混じっているのを見ても何一つ声をかけられないのだ。

手洗いに行くにも人手を借りなくてはならない。一人でズボンも下ろせない。歯みがきも食事も一人ではできない。髪もとかせない。そんな生活を一生送らなくてはならないのか。

おそらく今死ぬということがわかっても、末期の言葉もかけられないだろう。妻や子にもお別れをいえずに死ぬのだ。

どこへも一人では出てゆけない。いや家にさえ一人ではいられまい。突然人が来ても応対ができない。もし事故が起こっても、助けを呼ぶことさえできないのだ。どんなところでも、無防備なのだ。

私は昨日まで健康だった。定期健診を受けても、何も引っかかるところはなかった。健康だけは誰にも負けない自信があった。それが一夜にして重度の障害者となって、一転して自力では立ち上がることもできない身となった。何をするにも他人の哀れみを乞《こ》い、情けにすがって生きなければならぬ。

私は自分でいうのは気が引けるが、少なくとも年よりは若く見られ、身だしなみもきちんとしていた。これからはスマートな老人になることを心がけてきた。これからが人生だと思ってきた。それが一転して、醜い障害を持った老人となってしまった。私は、これから一生続くであろう第一級の障害者としての生活を思って暗澹《あんたん》とした。

もういったん死んだのだから、死ぬことはちっとも怖くなかった。死の誘惑が頭をもたげた。それは一日中私の頭から離れなかった。

確実に死ぬ方法はないだろうかと思いをめぐらした。いくつもそんな方法はあった。でも最も簡単ないつでも実行可能なものは、電動ベッドを利用する方法だった。

まず電動ベッドに電気のコードを結びつける。コードは首に巻きつけておく。後は電動ベッドのスイッチボタンを押せばいいのだ。ベッドの角度が変わればコードは確実に首を絞めるだろう。私は電動ベッドのスイッチを動かしながら、ひそかに死を温めながら過ごした。それはだんだん怪物のように大きくなっていく。

私をいやおうなしに死の誘惑から救ったのは、妻の献身的な看護だった。妻は内科の医師として病院に勤務していたが、私が倒れてからはつきっ切りで私の看護にあたった。楽天的な彼女は、事態を正確に診断し、的確に対処した。覚悟を決めるのは早かった。いつも大丈夫と励ましながらも、重大な変化に常に対応できるよう怠りなかった。私が夢うつつでいたときも、常に醒《さ》めた目で病状を見守っていた。

彼女の方がもっとよく病気の運命を知り、心を痛め、悩んだのに相違ないのに、愚痴一ついわず重大な決断をてきぱきとやってのけたのだ。私の命は私だけのものではないことを、無言のうちに教えていた。

そのほか毎週のように東京からやってきた娘や、土地の友人などの情けを忘れることはできない。それぞれ忙しい仕事を抱えているのに、私の病状に一喜一憂してくれた。それがなかったら私は絶望のあまり気が狂っていたかもしれない。

二週間後

初めは少しずつ良くなると信じていた発音が、いつまでたっても良くなる兆候は見られず、私は依然として沈黙に閉じ込められていた。私は絶望した。声なんかもう出ない。諦めるしかないのか。

しかし幸いなことに、言葉の認識ができない失語症ではなかった。失語症では、ものはそれとわかっていても名前がいえなかったり、発音できてもそれがさすものがわからない。私の場合は、しゃべれなくても意味は理解できた。文章を作ったり、書いたりすることはできる。つまり文章を理解することは無傷なのだ。神様は紙一重で私の考えたり、判断する能力を残してくれた。

根気よく訓練すればしゃべれるようになると医師もいった。今は簡単な単語ですら、大変な努力をしてもわかるようには発音できないのだ。でも失望してはいけない。

運動機能も改善されない。足はまったく動かないし、腕はだらりとぶら下がったままだ。それが拘縮《こうしゅく》してしまうと、胸のあたりで固まって動かなくなる。一生このままだろうか。私は、胸のあたりに蕨《わらび》のような形に固まってぶら下がった、麻痺した手の形を想像してぞっとした。良くなるなら三週間といわれた、その三週間はもうすぐだ。

でも妻によれば、十センチもぶら下がったままだった肩が上がってきたし、顔も正常に戻ってきたという。以前はもっとひどかったという。でも私は鏡を見るのが怖かった。死の淵を見てきた男の顔は、どこから見ても無表情だし、硬くこわばっているはずだった。妻のいうことなど気休めにしか思えない。

しかしある日のこと、麻痺していた右足の親指が、ぴくりと動いた。予期しなかったことで、半信半疑だった。何度か試しているうちにまた動かなくなった。かすかな頼りない動きであったが、初めての自発運動だったので、私は妻と何度も確かめ合って、喜びの涙を流した。

自分の中で何かが生まれている感じだ。それはあまりに不確かで頼りなかったが、希望の曖昧《あいまい》な形が現れてきたような気がした。とにかく何かが出現しようとしていた。

リハビリ始まる

二週間にもなっただろうか。この間私は夢うつつで暮らした。毎日誰かが見舞いにきてくれたが、混乱した頭はほとんど覚えていない。ただいつも不安におののき、泣いたり怒ったり、感情の起伏は激しかったと思う。

それまではベッドに横になったままだったが、突然何の説明もなくリハビリが開始された。もうリハビリテーション科の、治療対象になったらしい。担当の理学療法士は、てきぱきと日常生活に必要な基本的な動作のやり方を親切に教えてくれた。私はこの二週間、何も食わずに管を鼻から入れたまま、横たわっていただけなので、初めは起きて体を動かすことがうれしかった。

しかし長い腿《もも》まである装具をつけて歩く練習はつらかった。この麻痺した足で歩くなどできるはずがない。でもプログラムに従ってやるよりほかなかった。むしろそうすることは、混乱した頭の私にとって救いですらあった。

理学療法士は親切にやり方を基本から教えてくれた。車椅子への乗り移り方、ベッドに戻るにはどうしたら良いか、そこには合理的な規則がある。理学療法士に一つひとつ教えられて、私はリハビリテーションが科学的なもので、決しておざなりの生活指導のようなものではないことを実感した。ここで教わったことが後まで役に立ったことを、今では感謝している。

そのほかに作業療法と言語療法が毎日課せられた。それぞれの専門の療法士に従って訓練のスケジュールが立てられた。なかなか忙しい。私は何もわからなかったが、それに従うよりなかった。リハビリは時を逸してはならないと主治医からいわれたので、それに従っただけだ。

私は来る日も来る日も、訓練に汗を流した。やっとつかまり立ちができると、次は平行棒の中で、一歩二歩歩く。足がもつれて転倒しそうになる。療法士に抱きかかえられるようにして、やっと一歩歩くことができる。

北陸も梅雨に入ると、窓から青田が見えた。訓練から帰ると、病室の窓を開けて稲の苗が獰猛《どうもう》なほどの力で一日一日成長しているのを眺めた。それ以外に、時間というものを実感することはなかった。

私の行動半径は、二カ月たってもせいぜい車椅子で五十メートルを超えなかった。たまに金沢の友人が車椅子を押して、別の病棟の窓のある廊下へ連れて行ってくれた。その病棟の窓からは、日本海が見渡せた。晴れた夕方は、落日が見事だった。私は無言で直径が百七十五センチもあるように見える夕日が、見る見るうちに一本の金の線となって海に隠れるまでじっと眺めた。

鈍重な巨人

そのとき突然ひらめいたことがあった。それは電撃のように私の脳を駆け巡った。昨夜、右足の親指とともに何かが私の中でピクリと動いたようだった。私の手足の麻痺が、脳の神経細胞の死によるもので決して元に戻ることがないくらいのことは、良く理解していた。麻痺とともに何かが消え去るのだ。普通の意味で回復なんてあり得ない。神経細胞の再生医学は今進んでいる先端医療の一つであるが、まだ臨床医学に応用されるまでは進んでいない。神経細胞が死んだら再生することなんかあり得ない。

もし機能が回復するとしたら、元通りに神経が再生したからではない。それは新たに創《つく》り出されるものだ。もし私が声を取り戻して、私の声帯を使って言葉を発したとして、それは私の声だろうか。そうではあるまい。私が一歩を踏み出すとしたら、それは失われた私の足を借りて、何者かが歩き始めるのだ。もし万が一、私の右手が動いて何かを摑《つか》んだとしたら、それは私ではない何者かが摑むのだ。

私はかすかに動いた右足の親指を眺めながら、これを動かしている人間はどんなやつだろうとひそかに思った。得体の知れない何かが生まれている。もしそうだとすれば、そいつに会ってやろう。私は新しく生まれるものに期待と希望を持った。

新しいものよ、早く目覚めよ。今は弱々しく鈍重《どんじゅう》だが、彼は無限の可能性を秘めて私の中に胎動しているように感じた。私には、彼が縛られたまま沈黙している巨人のように思われた。

詩の復活

そのころ、金沢の友人がワープロを差し入れてくれた。もともと原稿は手書きであったので、ワープロなんか使ったことがない。初めは字を入力しても間違った文章しか出てこない。それでもこれしか表現する手段がないとなると必死である。わからないところを尋ねるのも一仕事だ。何しろ言葉が使えないのだから。

私のワープロのレッスンは大変だ。金沢の友人にそばで見ていてもらい、何度も間違いを入力する。そうやって、質問の意味が友人にわかればいいが、どうしてもわからないときは左手で字を書いて聞く。字は判読できないほど乱れ、友人はそれを読む努力をした。それでも複雑なことはわからない。仕方がない。全部初めからやり直すほかはない。それでも何とか曲がりなりにも使えるようになった。一枚の原稿に一時間あまりかかる。

でも私は自分を表現する手段を手に入れた。初めての発作の夜のことを思い出していると、突然不思議に高揚した気持ちになって、詩のようなものを書きつけた。私の中に詩が蘇ったのである。後で少し手を入れたが、次のような詩である。

歌占

死んだと思われて三日目に蘇った若い男は

白髪の老人になって言った
俺《おれ》は地獄を見てきたのだと
そして誰にも分からない言葉で語り始めた

それは死人の言葉のように頼りなく
蓮《はす》の葉の露を幽《かす》かに動かしただけだが
言っているのはどうやらあの世のことのようで
我らは聞き耳を立てるほかなかった

真実は空《むな》しい
誰が来世など信じようか
何もかも無駄なことだといっているようだった
そして一息ついてはさめざめと泣いた

死の世界で見てきたことを

思い出して泣いているようで
誰も同情などしなかったが
ふと見ると大粒の涙をぼろぼろとこぼしているので
まんざら虚言《そらごと》をいっているのではないことが分かった
彼は本当に悲しかったのだ

無限に悲しいといって老人は泣き叫んだ
まるで身も世も無いように身を捩《よじ》り
息も絶え絶えになって
血の混じった涙を流して泣き叫ぶ有様は
到底虚言とは思えなかった

それから老人は
ようやく海鳥《うみどり》のような重い口を開いて
地獄のことを語り始めた

まずそれは無限の暗闇《くらやみ》で光も火も無かった
でも彼にはよく見えたという
岬《みさき》のようなものが突き出た海がどこまでも続いた
でも海だと思ったのは*2瀝青《れきせい》のような水で
気味悪く老人の手足にまとわりついた
彼はそこをいつまでも漂っていた
さびしい海獣の声が遠くでしていた

一本の白い腕が流れてきた
それは彼にまとわりついて
離れようとはしなかった
あれは誰の腕？
まさかおれの腕ではあるまい
その腕は老人の胸の辺りにまとわりついて

どうしても離れようとしなかった
ああいやだいやだ

だが叫ぼうとしても声は出ず
訴えようとしても言葉にならない
渇きで体は火のように熱く
瀝青のような水は喉を潤さない
たとえようも無い無限の孤独感にさいなまれ
この果てのない海をいつまでも漂っていたのだ

身動きもできないまま
いつの間にか歯は抜け落ち
皮膚はたるみ皺《しわ》を刻み
白髪の老人になってこの世に戻ってきたのだ
語っているうちにそれを思い出したのか

老人はまたさめざめと泣き始めた
が、突然思い出したように目を上げ
思いがけないことを言い始めた
そこは死の世界なんかじゃない
生きてそれを見たのだ

死ぬことなんか容易《たやす》い
生きたまま これを見なければならぬ
よく見ておけ
地獄はここだ
遠いところにあるわけではない
ここなのだ　君だって行けるところなのだ
老人はこういい捨てて呆然として帰っていった

病気になって初めて書いた詩はこのようなものだった。『歌占』というのは、能の題名で、死んだ後三日で蘇った男が、死の世界で見てきた地獄の有様をクセ舞にして語り舞うというものである。世阿弥《ぜあみ》の嫡男、観世十郎元雅《かんぜじゅうろうもとまさ》の傑作である。

脳梗塞の発作の経験を、この能に重ね合わせてそのまま書いたものだ。それから何日もの間、私は取りつかれたようにワープロに熱中した。何篇《なんぺん》もの詩を書いた。熱に浮かされたようだった。

高校を卒業したころ、私はいっぱしの文学少年であった。詩人の新川和江《しんかわかずえ》さんと同郷であったこともあって、新川さんに勧められて、抒情詩《じょじょうし》のようなものを詩の雑誌に投稿していた。

大学の医学部に入ってからは、医者の勉強などほったらかしで詩人の安藤元雄《あんどうもとお》や、評論家の故江藤淳《えとうじゅん》らと「位置」という同人誌を刊行したりした。江藤が本格的な批評を書き始めたのはこの同人雑誌だった。

私は五十年のときを隔てて、半身不随の身になって、昔の文学青年の血が騒ぎ始めたのを知った。書けるなら書いてやろう。今いる状態が地獄ならば、私の地獄篇を書こう。それはなぜか私を勇気づけた。

東京へ

そうこうしているうちにも季節はめぐっていた。金沢に列車で来たときは苗代に水が張られて車窓は光でいっぱいだった。光の国に来たようだった。今は田んぼが緑に満たされている。まもなく穂が出るだろう。光の世界から緑の世界への変貌《へんぼう》だ。

その七月初め、私は金沢医大の付属病院を退院して、東京の都立駒込《こまごめ》病院へ転院することになった。旅行先で突然倒れ、そのまま二カ月滞在したが、今度は落ち着いて療養することを考えなければならない。

私はそれまでの二カ月が早かったのか遅かったのかわからない。あっという間だったような気もするが、長い長い悪夢を見ていたようにも思える。

夢の中で、鼓を打っているところがあった。軽やかに右手は鼓を打ち妙音が響いていた。本当に夢だったかと、あたりを見回し、腕を動かしてみたことも何度もあった。しかし腕はピクリともせず、その都度がっかりするのだった。

二カ月の間、口からは一滴の水も飲まず、一椀《ひとわん》の粥《かゆ》も食わずに、よくここまで生き延びられたものだ。あの日から一声も発していない。右の手足はまだ動かぬままだから、ベッドから離れることはできない。

一体いつになったらベッドを離れて普通の生活ができるのだろうか。それとも普通の生活など無理なのだろうか。誰にも聞くことができない。そもそも麻痺した手足が動くようになるかどうかを医師に聞いたって答えようがないはずだ。ましていつ良くなるかという質問自体が、答えることができない愚問なのだ。

患者の転帰は、一人ひとり違う。今重い症状があったからといって、良くなる人も、悪くなって立ち上がれない人もある。誰も予言できないことだ。今は運に任せるほかはない。

私は住みなれた東京の家に帰ることはできない。家の玄関の前に、たった三段だが急な階段がある。毎日上り下りして気にも留めてなかったが、今はそれが障害になる。たとえリハビリがうまくいって、杖《つえ》で歩けるようになってもあの階段は上ることはできない。新しくバリアーフリーのマンションでも買って、引越しするほかはあるまい。

住み慣れた家はいろいろな思い出に満たされている。私は引越しなど嫌いなほうだから、三十年も同じ家に住んでいた。東大に近いところにある小さな一軒家は、私が研究に打ち込んでいたころ、研究仲間の溜まり場になったところだ。それに古いカーペットのコレクションもある。能面や折々集めた古美術もある。みんな不要になったばかりか、邪魔になるだけだ。私はむなしくなって涙が出た。

一番苦しかったとき、親身になってお世話してくれた病棟の看護師に、文字盤を使って別れを告げ、仲良しになった何人かに見送られながら、不自由な体を車に押し込めて小松《こまつ》飛行場に向かうとき、雨上がりの青田にまばらに稲穂が顔を出しているのを発見した。もうそんな季節になった。私の運命はどうなるのであろう。どうとでもなれ、生きるよりほかに選択肢がないのなら。

飛行機に乗るのは不安だったが、航空会社では物慣れたやり方で座席まで運んでくれた。夏雲の下に東京が見えたときも、私はまだ夢を見ているような気がして、現実のものかどうかを疑った。妻が前もって頼んでおいたタクシーに乗ると、車は高速道路へ入った。目まぐるしく場面が移り変わって、私はめまいがするようだった。

駒込病院

私が転院することになったのは、東京都立駒込病院だった。私の本郷《ほんごう》の家からは、歩いて二十分程度のところにある。病院に隣接していた東京都臨床医学総合研究所には私の弟子もいたので、時々は散歩で通ったものだ。その距離が私には無限の遠さのように思われた。たった二十分の距離にある、住み慣れた本郷へ戻ることは不可能なのだ。

私がここを選んだのは、そこにいる言語聴覚士の評判を聞いたからだ。今の私にとっては、なんとしても言葉を取り戻したかった。それに付随して嚥下ができるようになったらどんなにいいだろう。ほかのことはどうにでもなる。

そんな期待を込めて駒込病院に来たが、実際は失望することが多かった。まずここにはリハビリテーション科が独立していない。リハビリ科の医者はパートタイムであった。あんな有名な病院で信じられないだろうが、週一度しか専門医が来ない。人手も当然足りない。ところがリハビリを受けたい患者は目白押しである。

私の担当医は神経内科の専門医であったが、リハビリの専門医ではない。説明もされずに、ただ理学療法士と作業療法士に丸投げされた。高度の専門性を必要とするリハビリではなかった。

ここでも入院すると初めにMRIを撮ることになったが、私はカポン、カポン、ポヤポヤポヤという非現実な音が聞こえ始めると、恐怖のため体を動かし助けを求めた。蒼白《そうはく》になって非常ボタンを押し続けたので、検査に当たった医師は驚いて救出してくれた。あの暗い思い出がよみがえり、不安で体が震えた。もういやだ。あんな検査はもう拒否する、と私は決心した。そのときも舌がよじれていた。

検査は不可能なので、さらに治療方針はあいまいになった。ある日回診に来た医師が「腕はもう動かんでしょう」と不用意にもらしたのが胸にこたえて、もう努力する気がなくなった。だが、同じ病気で回復した友人に励まされて気を取り直して、リハビリを続けた。こんな状態の患者に対して、医師は心のケアーも忘れてはならないとそのとき思った。

この病院の看護師も医師も親切だったが、診療体制には明らかに不備があった。設備の不備は患者に跳ね返ってくる。三時間待って三分診療ということが、実際に行われているのにびっくりした。誰も不満をいわない。これが有名な都立病院の実態だ。

そろそろ夏も盛りで、病室はうだるように暑い。クーラーはあるが、つけるとすぐ冷えて寒くて仕方がない。コントロールができない老朽した設備なのだ。体が不自由だからつけたり消したり頻繁にはできない。仕方がないから使わないほかはない。暑い午後など耐えることができない。焦熱地獄とはこのことだ。それがすぐ寒冷地獄に変わる。

入院してすぐにこの病院がリハビリテーション医学などあまり重視していないことに失望した。先端医療に関しては一流の評判をとっているのに。私はしゃべれないので何もいえなかった。何しろ療法士はいるが、医師は週一回しか来ない。作業療法士は一人しかいない。一人で何十人もの患者を掛け持ちで面倒を見ている。おざなりになるのも当然だ。

私は何もいわず指示に従った。腿まである長い装具をはいて、ロフストランド杖という長い杖を頼りに、ただひたすら歩く訓練だ。初めは一歩歩くのもやっとだったが、ここに入院している三カ月の間に約百五十メートル歩けるようになった。それは過酷な訓練であった。

一歩歩けば二歩。それが十メートルになり三十メートルになった。それがまた少しずつ延びてゆく。苦しいが生きがいになった。

しかし私は、そのやり方に疑問を持ち始めた。私を担当した理学療法士の青年は、毎日誠実に一生懸命訓練してくれたのだが、肝心の医師は何もいわず、それが正しいのかどうか自信をもてなかった。いくら訓練室で歩けるようになっても、私は一人で手洗いにも行けないのだから、今一つ成果に結びつかなかった。それに自分で歩いたという実感がなかった。

初めての食べ物

言葉の訓練はどうだろうか。さすがに評判の言語聴覚士なのだから、訓練にも力が入った。この人に治療を受ければ、少しは良くなるだろうと思った。しかし同時にそれがあまりにも長い時間を必要とする困難な作業であることも身に染みてわかった。私はこの領域が、まだ歴史の浅い未発達の領域であることがわかった。個人の経験に依存した、科学としては未熟なものである。治療を必要とする患者は意外なほど多い。何しろ脳に障害を持った患者は、多かれ少なかれ言葉に障害を持っているのだから。

私の声は力を振り絞っても、蚊の鳴くような頼りない音に過ぎず、あいまいで言葉にはならなかった。彼女の懸命な訓練にもかかわらず私の言語能力は惨憺《さんたん》たるものだった。何しろこの二カ月の間に舌の筋肉は萎縮し、ほとんど動かなくなっていることがわかった。もう言葉を取り戻すことは不可能に思えた。

それに発声の訓練は、体にこたえた。発声は全身の運動である。私の体は、声を出す筋肉運動の仕方を忘れてしまった。どうしても腹筋を使った声の出し方ができない。どうしても口先だけのささやくような声しか出ない。悪戦苦闘して一時間が過ぎると、心身ともに綿のように疲れる。これを年余にわたって続けなければならない。

しかし、私が口からものを食べる日は意外に早く来た。ここでも嚥下造影を行い、多少の危険はあるが、試みに食事をさせるという判断が下された。転院して一カ月ぐらいのことである。

食事といってもミキサーですりつぶしたどろどろのものに過ぎない。言語聴覚士の立会いの下に、一さじ恐る恐る口に含む。やっと飲み下してため息をついた。味などわからない。これが三カ月ぶりで口にした初めての食物だった。どろどろで味などない。食の喜びなんかないが、何物とも知れぬどろどろの中に、ふと柚子《ゆず》の香りなどがすると、涙が出るほど感激した。

大丈夫だとわかって、二週間のうちに食事は粥食となった。ベッドを三十度に固定し、それに寄りかかって食う。それが一番安全な姿勢なのだ。ちょっと体を立てると気管の方に食物が流れる。命がけの食事なのだ。

どろどろの形をとどめない食事でも、口から食べるのは感激だった。心配していた味覚の障害はない。微妙な野菜の味もわかるので安心した。ときにどこかに胡麻《ごま》の香りを嗅《か》ぎ当てて、私は感激して泣いてしまった。

しかしそれは新しい苦しみの始まりだった。神経の支配を絶たれ、動かすことのなかった私の舌は筋肉が薄くなり萎えてしまった。ものを口の中で自由に動かせない。咀嚼《そしゃく》が不可能なのだ。嚙み合わせも変わってしまい、よく嚙めない。嚥下反射もうまく起こらないのでものが飲み込めない。

食事のたびに私は激しくむせ、一さじの粥を飲み込むにも苦しんだ。喉の奥の断崖《だんがい》に食べたものがとどまり、ためらいながら今や落ちようとする。うまく落ちればいいが、引っかかれば気管の方に迷入する。食事のうちに喉の奥がむず痒《がゆ》くなってくる。その後は激しいむせだ。まるで自分の肺まで吐き出そうとするように、むせ苦しむ。ちょっと間違えれば嚥下性肺炎の恐れがある。

不思議なことに、管で栄養を入れていた間は、体重は減らなかったが、口からものが食べられるようになってから急激にやせた。七十三キロあった体重は五十二キロまで減り、最後は五十四キロになった。むせるのが怖くて空腹でも食べられないからである。それにいつも糊のような灰色の食物だ。おかずは二品ついたが、みんな同じようで区別がつかない。おなかがグーグーいっても食欲が出ないはずだ。私は目を瞑《つぶ》るようにして飲み下した。

退院間近くなって、食物は細かく刻んでとろみをつけたものに変わった。「刻みとろみ食」というのだ。まだそれに変えるには私の嚥下能力は不十分だったので食事のたびに激しくむせた。一食ごとに何度も吸引してもらう。それでも喉の奥にいらつくものが残って終日咳が出た。そのたびに肺炎の恐怖が頭を掠《かす》めた。

刻みとろみ食になっても食事が苦痛であることに変わりはなかった。それをプラスチックの食器から、左手に持ったスプーンで食べる。美味《おい》しいはずがない。私はかろうじて生き延びた。

言葉の方は依然として声が出ないままである。これでは外の世界と交流できない。ちょうどそのころ、アメリカで同時多発テロが起きた。夜寝入りばなに、テレビのニュースでこれを知った。どうも大変なことが起こっている。恐ろしい世の中になった。新聞で確かめようにも新聞が読めない。

右半身が麻痺していても、新聞くらい読めるだろうといわれるかもしれないが、それができない。ページがめくれないし押さえられない。だから本も読めない。うそだと思ったら、左手だけで新聞を読んでみたらよい。ますます外界から遠くなってしまう。私は不安になった。

もう一つの心残り

私にはもう一つ心にかかって眠れないことがあった。私の事務所に残っている遣《や》り掛けの仕事である。断れるものは全部断ったが、私が自発的に始めたことはそのまま残っていた。本にまとめたいと思っていた原稿がどうなっているか。まだ出版して間もない私の能に関する本は、もう友人に送り出したか。書きかけの原稿もあった。

もう諦めていたはずなのに、物書きの妄執とはこんなものか。実はこの思いは、しばらく前から脳裏を駆け巡っていたのだが、体が回復するにつれてますます激しくなった。

それにつれていろいろなところに書いた文章が思い出されて、今物を書けないことが悔しくてならなかった。どれもこれも一生懸命書いた。少しは私でなければ書けないことだってある。そのまま消えてしまうのが悔しかった。

考えると、一冊の本にと思って書いたエッセイがいくつかある。そのほか医学に関するものや、文学的な随想もあった。それぞれは独立して一冊の本にはならないが、全部集めれば何とかなる分量だ。

そうだあれを本にまとめよう。これからどうなるかわからないが、私が生きた証拠の一部になる。そうなるとあれもこれも惜しくなった。

早速トーキングマシンで妻に伝えた。もどかしい会話の末に、妻は私の望みを理解した。長い間私の秘書を務めてくれたYさんに電話してくれた。幸いYさんは前から初出雑誌のコピーを整理していた。それを集めて、以前から私の本を出版してくれて顔なじみの、朝日新聞出版部に相談してくれるといった。

それにしてもこの不況で、売れる見込みのない私の本など出してくれるだろうか。Yさんの努力で、編集会議のオーケーが出たのは一カ月後だった。これで本が出る。私はこのニュースを妻から聞くと、まるで生き返ったように元気になった。

題名は、もはや取り返すことができない過去の思い出となってしまった記録として、「懐かしい日々の想《おも》い」とすることに決まった。一つの目標はできた。果たして出版まで持っていけるか、それより生きながらえることができようか。希望とともに不安が去来した。

麻痺とは何か

半身麻痺といえば、通常は筋肉の運動麻痺のことを指している。運動神経がやられたのだから、随意運動ができないのはもちろんだが、そのほかにいろいろの障害が起きる。感覚までやられると、体のその部分は存在しないに等しい。

麻痺が起こると、筋肉の力が入らないのかといえば、そうではない。体はだらりとしているわけではなくていつも緊張している。力を抜くことの方が難しい（痙性《けいせい》麻痺《まひ》）。

痙性麻痺という言葉通り、筋肉に無駄な力が入ってどうにもならないのである。一般に屈筋のほうが優位なので、四肢は曲がったまま伸びない。内転筋、内旋筋《ないせんきん》が優位になるので体はいつも内側に曲がる。麻痺が古くなって、腕が折れ曲がったような形に固定されているのはそのためである。悪化すれば廃用症候群になって、麻痺側は重荷になるばかりか、いろいろな障害で患者を苦しめる。

腕ばかりではない。足も折れ曲がり、伸ばすことが難しい。歩くためにはこの緊張を解かなければならない。それが難しいのだ。足の指が折れ曲がり、地面にこすられるようにつく。手は曲がった指が、ぎゅっと握り締めるので、爪《つめ》が手の平に食い込んでしまうほどだ。それが持続的になると、手を開かせるのが不可能になる。それだけは避けたいと、日夜無理に健常な方の手で麻痺した指を無理やり開く努力をしなくてはならない。

例外は足首である。足の甲は伸びたままになる。だから麻痺の患者は足首を曲げられず、足先がとがったようになる。いわゆる尖足《せんそく》である。だから足首を曲げた形で固定する装具をつけないと歩けない。はずせば足は伸びたままになり、足を運ぶことはできない。

結果は、痙性によって、脚は突っ張ったままで、関節を自由に動かすことができないため、たとえ歩けたとしても、木偶《でく》のようにぎごちない。

この筋肉のつっぱりは、自分ではどうにもならない。ほかのことで精神が緊張すると強くなる。たとえば、怒りとかあわてるとかのときは、ぎゅっと硬くなる。そのほかあくび、咳、小便などのときは腕がぎゅっと固まってしまう。まことに不快なものである。

それを伸ばそうと、動く方の腕で、麻痺した腕を摑んで伸ばそうとするがなかなか伸びない。自分の腕と悪戦苦闘するときもある。われながらこっけいだ。ベルグソンが『笑いの研究』の中で、笑いの対象は、人間的なものに機械的なものが張りついたものといっているのを思い出したが、まさにそうである。このつっぱりは、理学療法士のストレッチで軽減してもらわなければ、拘縮《こうしゅく》して突っ張ったままになってしまう。

麻痺した手足は驚くほど重い。毎日これをぶら下げて歩くのだ。杖で歩けるようになっても、足が出ないときはまるで足が地面に五寸釘《ごすんくぎ》で打ちつけられたような気がする。

そのくせ湯船に入ると、頼りなくぷかぷか浮いてしまう。咳をしても固まる。訓練の途中では咳もできない。寝床の中では、軽い夏蒲団《なつぶとん》しかかけていないにもかかわらず、鉛のように重く感ずるし、腕は突っ張ったまま動かない。腕の置き場所に困るのだ。私は自分の腕を、初めて無用の長物で、邪魔になるばかりだと思った。

私の腕は自分の胸を締めつける。苦しくて腕がなかったらと思うことさえある。だから、麻痺は動かないといった生易しい苦しみではないのだ。それにこれから一生つき合わなければならない。

食べるということ

ミキサーで砕いたり、細かく刻んでとろみをつけた、どろどろした食べ物は、入院中ずっと続いた。初めは感激して食べていたが、すぐに飽きてしまう。

それだけではない。食後一時間くらいは、気管に迷入したものによる咳と痰に悩まされる。咳払いができないから、いつまでも胸の奥でずるずるいっている。肺炎の恐怖で何とか排出しようとするができない。だから食事は訓練が始まる少なくとも一時間前に終わっていなければならない。おちおち食べている暇はないのだ。

もし食物を飲み損ねて胸でずるずるいっているときは、目をつぶって待っているか、気を紛らわすために、テレビの前で待つ。もちろん何をやっているかは問題でない。運がよければついには咳とともに大量の痰が出てケロリと楽になる。でも運が悪いと苦しみは二、三時間は続く。その間は、祈るような気持ちでひたすら待たなければならない。食うということがこんなに大変なことかを思い知った。

解剖の本を開いて、飲み込むために必要な筋肉と神経を調べたが、複雑すぎてわからない。私たちはこんなに複雑な機構を駆使して、ものを食べていたのだ。摂食というあまりにありふれた行動が、これほど複雑な神経支配と沢山の筋肉の共同作業で行われていることの発見は、生命の神秘にさえ見えた。

同時に、こんなところまで壊れてしまったとは、機械としての人間がもう用をなさなくなったと絶望した。同じことは発音、発声、構音にもいえる。私は原音は作れるが、それを加工して言葉にすることができない。いままで当然のこととして会話していたのが、やはり多くの筋肉が、異なった神経によって動かされ、しかも感情の赴くままに声になっていたのだ。生命活動はこうして統合されて一つの行動になる。大変なことだ。

リハビリテーションの医学

ここでリハビリについて考えておこう。リハビリには三つのカテゴリーがある。歩く練習を中心にした運動の訓練 Physical therapy（ＰＴ、理学療法）と、日常の仕事を中心とした訓練 Occupational therapy（ＯＴ、作業療法）と、言語療法 Speech therapy（ＳＴ）である。この三つがなければリハビリとはいえない。アメリカではその三つがうまく機能するように、リハビリテーション医学が独立した臨床科学として成立している。

しかし、日本では整形外科が中心となったリハビリテーション医学が、最近まで主流となっていたため、言語療法などは重視されなかった。ごく最近まで、整形外科的な病気、骨折後のケアーとかリウマチの手足の機能回復などマッサージに毛の生えたようなリハビリが主であった。

東京大学でも、リハビリテーション科が独立したのはごく最近である。それもPT、OTだけでSTはまだない。

その他の国立大学でも、事情は似たようなものである。むしろ一部の私立大学で、先見性のあるリハビリテーション医学が実現している。理由は、この医学が、地味な努力の積み重ねで成り立つので、古い体制を打破する力になりにくかったからであろう。外科や一部の内科のように派手な科目ではないし、病院の収入源にもなりにくい。一部の教官を除いて、リハビリの重要性に気づいているものは少なかったし、要請する声も低かった。大学の概算要求にも出た記憶がない。私も、教授会で、そんな現状にあるとは知らずに過ごした。

一般市中病院では、一部優れた設備と高邁《こうまい》な理想で高度の治療が行われてはいるが、それは例外的なもので、一般の医療機関で水準の高いリハビリテーション治療を受けることは難しい。リハビリは、まだ正当な世間の理解を受けるにいたっていない。

しかし、リハビリは現在の医療の中でますます重視されるようになってきた。脳血管障害の患者の数は年々増加しているし、彼らを社会復帰させることは、医療費抑制の面からも大きなメリットとなっている。実際、リハビリを充実させてから、患者の入院期間が大幅に減って、医療費が削減されたという事実がある。それなのにまだリハビリが認知されないというのは、この領域の声が健常者には他人事のように聞こえて、一般の人には理解されていないからである。

行政も、長い期間、人手だけかかってコストに見合わない治療を支援するという考えはまったくない。都立の大きな病院、たとえば駒込病院などは専門の医師もいないし、OT、PTの療法士の数も明らかに少ないし、レベルも低い。それは病院当局がリハビリに力を入れていないし、当局に要求もしていないからである。実際、ここのOTでは、一人の療法士が全部の入院患者の訓練に当たっていた。充実した治療ができないのは当然である。

それに、療法士の自己研鑽《けんさん》の時間がないのが現状である。毎日何十人もの患者を掛け持ちで訓練し、休む暇もない。優秀な療法士は、近頃雨後の筍《たけのこ》のように増えた福祉関係の学校に引き抜かれる。どんなに経験を積んでも、プロモーションの機会は多くない。天職としてこの困難な仕事を選んでも、先行きに希望をもてなくなる。

その最も明らかなものは、言語療法（ST）である。STの扱う範囲は広い。どんな麻痺でも言葉のもつれは必ずある。それを治療するのは患者の社会復帰には不可欠のことである。そのうえ私のような重度の言語障害や、脳の言語野に障害を負った失語症の治療は命にかかわる大切な医療である。

STは療法士の数も少なく、学問としても一番完成度が低い。特に失語症や、私のような重度の構音障害に対しては、症状の個別性が高くマニュアル的な治療法はない。言語聴覚士の経験に頼るほかない。

経験と一言でいうが、一例一例違うのを学問的に積み上げた貴重な経験だ。誰にでもシェアーできるわけではない。しかも大脳生理学も学ばねばならないし、発声、嚥下の生理学、さらに首や発声器官の解剖学、喉の反射等について通暁しなければならない。最も困難な療法士である。さらに、障害を持った患者の食生活にいたるまで、しっかりと指導しなければならない。その一例一例を熱心に学問的に積み上げる努力が必要なのだ。そういう技術者なのだ。養成するにも時間がかかる。

それにもかかわらず、その処遇は今でも最もひどい。一対一の辛抱強い訓練、それに必要な時間数は健康保険で認められていない。保険の点数だって最近までは、ほかの理学療法に比べたらはるかに低く設定されていた。人材不足になるのは当然のことだ。こういう技術者をどう評価し育てていくかが今問われているが、行政に声が届くまでには時間がかかるだろう。

転院前夜

こんなことを考えているうちに、駒込病院での三カ月の期間が過ぎた。私は依然として一言もしゃべれず、トイレにも一人では行けない。昼間から尿瓶《しびん》のお世話になっていた。行動範囲はますます小さくなった。金沢のように夕日を見ることなどできないし、町の中に出て行くわけにもいかない。ただひたすらベッドに横たわって、リハビリの時間を待つばかりだ。学生時代の友人が、ステレオのセットを一式運んでくれた。一緒に持ってきてくれた、ドボルザークのチェロ協奏曲を繰り返し聴いた。

妻は自宅から、毎日朝は七時から夜十一時まで通って、看護に当たった。ここでは付き添いが泊まることは許されない。帰りの消灯時間が来るのがたまらなく淋しかった。

時々妻が車椅子を押して、十分ほど散歩に連れて行ってくれた。それが唯一の娑《しゃ》婆《ば》と接触する機会だった。久しぶりの東京は、ものめずらしいことに包まれていたが、私にはまだ興味を持つことができなかった。真夏の炎天下に重い車椅子を押して、町の賑《にぎ》わいを見せてくれた妻に、感謝の言葉をかけたかったが、それさえできない自分を責めた。

しかし九月十一日の夜、看護師が「どうも大変なことが起きているようですよ」と部屋のテレビをつけてくれた。

アメリカの同時多発テロ事件であった。その報道は、病床で聞いていても恐ろしかった。私も行ったことのある美しい姿のビルが、一瞬の間に黒い煙を上げて崩れさったのが、何度も放映された。それは幾日もの間、悪夢のように私に覆いかぶさっていた。あらゆる邪悪な意志のようなものが、ウサマ・ビンラディンという名を借りて、黒煙のように今立ち上がろうとしているように見えた。

それまでは、自分の病気以外何も考えられなかったが、この事件は、自分がいる世界というものが存在していることを、そして他者というものが存在していることを、はっきりと教えてくれた。私はどうなるかわからないが、世界の問題はずっと続いている。自分のことだけ考えてはいけない。私はそう思って、この事件がどういうインパクトを持っているかを考えようとした。

そのほかは、毎日が単調なリハビリの繰り返しだった。これではいけない、と思いながらも、毎日は過ぎていった。

リハビリは腿まである長い装具をつけて、ただひたすら歩く距離を延ばそうとしているだけだった。初めは一歩歩くのにも苦心惨憺《くしんさんたん》だったのが、そのうち二十メートル、五十メートルと長くなっていった。担当の理学療法士の青年も一生懸命だった。親切に指導してくれたが、肝心の専門医がいないのだ。どうしても機械的になる。

私はそのやり方に疑問を感じるようになった。百メートルは歩けるのに、私はまだ一人で手洗いにも行けず毎日ベッドに張りついたままだ。装具に包まれた脚の筋肉が萎えてゆくように思われた。後で述べるように、科学のないリハビリは、百害あって一利無しなのである。私はひたすら歩行距離を延ばすために毎日歩く練習に明け暮れた。

言葉はまだしゃべれない。思ったほど訓練の成果は上がらなかった。それでもレッスンの間は希望が出て、いつかは言葉を回復してやろうと単調なレッスンに一生懸命だった。

このころやっと、あんなに嫌っていたMRIの検査を受けることができた。もう密室のベッドに寝かされても恐怖はなくなっていた。検査の結果は両側の脳幹に近い梗塞巣があった。しかし奇蹟《きせき》的《てき》に他の動脈には変化は見られず、当面は心配すべき再発の危険はないことがわかった。一安心だ。

隅田川

成果が今一つ上がらぬままに、三カ月がたってしまった。都立病院では入院期間は、治ろうと治るまいと最大三カ月と決められていた。それは今の医療制度では普通のことである。私がフルに三カ月いられたのは、多少のコネがあったからである。最後の望みを賭《か》けて転院することにした。行き先は、東京都リハビリテーション病院（都リハ）である。約一カ月待たされた末のことだ。どこの病院でもリハビリを待つ患者があふれていることを初めて知った。それは時間も手間もかかる割に収入にならぬ、リハビリの患者を受け入れてくれないからである。

この病院は、隅田川《すみだがわ》のほとりに立つリハビリ専門の病院である。昔、梅若橋《うめわかばし》があったところ、能の『隅田川』の舞台になった所である。近くに梅若丸《うめわかまる》の塚のある木《もく》母寺《ぼじ》もある。

九月も終わりに近い、ある晴れた秋の日、私は車に乗せられ言問橋《ことといばし》を渡った。車の中から隅田川が見えた。自分がこうして生きているのが、不思議なことのように思えた。東京の街の賑わいは、自分とは別世界のようだった。

私は謡曲の『隅田川』を思い出して、声のない謡を口ずさんだ。都北白川《きたしらかわ》に住む女が、わが子を尋ねて、狂女となって隅田川までやってくる能である。しかしわが子はすでにこの世のものではない。能の『隅田川』では、「尋ぬる心の果てやらん、武蔵《むさし》の国と、下総《しもツさ》の中にある、隅田川」と謡われている。きっと荒涼とした風景が広がっていたのだろう。

能の中では、はるばるここまで来た母親が、都からの長旅を思って「思へば限りなく、遠くも来ぬるものかな」と、笠《かさ》に手をやって、遠くを見やる場面がある。有名な都鳥《みやこどり》の段である。私は金沢から駒込へ、そして今この都リハまでの、五カ月に及ぶ旅のことを思って感慨にふけった。

東京都リハビリテーション病院

私の担当医は、まだ若い女医であった。楽天的で、患者の良い味方になると私は直感した。初診を受けたとき、装具もつけてない私を支えながら立たせて、「一歩歩いて御覧なさい」と歩かせた。もちろん歩けるはずなどない。しかし、驚いたことに足が前に一歩動いたのだ。すぐに倒れそうになって、両側から支えられて踏みとどまった。麻痺した側の足が、内側に曲がってもつれて不安定だったが、それでも足が前に出たのに、私は内心びっくりした。うまくは歩けないが、動くことは動くのだ。私はひそかに希望を持った。

この病院は外見こそ立派だったが、お世辞にも快適とはいえなかった。病室は貧弱で四畳半くらいしかなく、テレビも冷蔵庫もなかった。もちろんトイレは共同である。ベッドは電動でさえなかったので、わがままをいって替えてもらった。初めは、食堂で患者が共同で食事をとるというので、試してはみたが、嚥下障害のある私にはとても無理だと、病室に運んでもらうことにした。飲み込みの遅い私は、みんなが終わってもまだ半分も食べられない。トイレは、共同のトイレに車椅子で行く。まだ人の手を借りなければ立ち上がれなかったが、私にとっては新しいチャレンジだった。

この病院では、昼間はパジャマを着ていてはいけない。いわゆるトレーナーに着替えることが義務づけられた。今までの病院とはまったく違う。あれやこれやで、入院早々は戸惑うことが多かったが、みんな理由のあることだった。リハビリを受ける人は、いわゆる病人ではないという認識があるのだ。本当の病気はもう過去のものだ。私はその後遺症と闘っているのだ。それからどう立ち直るかという訓練なのだ。これは新しい病気の認識だった。

こうして新しい病院生活が始まった。ここに入院している患者は、みんな私と同じような障害を持った人である。若い人も年取った人もいる。症状の重い人、半身不随の人、下半身だけ動かない人、足がよじれている人、片足のない人など、あらゆる障害者が車椅子に乗ってぞろぞろ移動しているのは、初めての人には異様に感じられるだろう。ここでは社会の名声も肩書きも、職業も年齢も関係なく、患者の何々さんと呼ばれる。東京大学名誉教授などもちろん通用しない。

車椅子の行列を眺めていると、私と同じように脳血管障害で麻痺を起こした人が多いのに気づく。みんな深い悩みにとらわれているのがわかる。突然人生を断ち切られ、一度は死の淵に立った人間の顔だ。鬼気迫るところがあるのは当然だ。

朝七時になると彼らが列を成して食堂に急ぐ。重い車椅子をこぎながら、なだれのように一堂に集まる。私はそれにさえ加われない。トイレも時間帯によってはいっぱいになる。私は、禁止されている尿瓶を使って用を済ます。しかしこれも訓練の一部なのだから、慣れなければならない。私は個室だったが、部屋にはお湯も出ない。寒い朝など、室温で温まった水が出終わらないうちに顔を洗い、歯を磨く。これが日本のリハビリ専門の病院なのだ。アメリカは入院料が高いとはいうが、人間の住生活の基本だけは守っている。私は差額を払っているのだ。せめて人間らしい生活を送りたいものだ。

初めのうちは、テレビも冷蔵庫もなかった。喜びというものを、完全に奪われたこの病院の生活にはとても順応できないと思った。車椅子の患者の行列を見ていると、何もかも奪われて服従を強いられ、従順になった羊の群れのように見えて切なかった。

私はルール違反を承知で、まず小型の冷蔵庫を買い、次いで液晶テレビ、ステレオセットなどをそろえ、人間らしく暮らすために最小限必要なものをセットしてしまった。何しろいつ退院できるかわからない慢性の病だ。私の場合は個室だから、気兼ねせずにできた。文句があるならいってみろ。そのときは対決するつもりだった。幸い誰からも苦情は出なかった。

看護師も、他の病院のように一人ひとりの患者の個人的な悩みには介入しないようにしているらしい。それはそうだろう。みんな解決法のない、癒《いや》しがたい傷を抱えているのだから。

病院での生活

思えば、私はもう半年以上も、訓練の時間を除けば、ベッドにくぎづけになっていた。寝巻きのまま人と会ったり、車椅子で出歩いたりしてきた。全く病人のままである。

ここへ来て初めて、朝起きたら洋服を着替え、若者のようなトレーナーに身を包み、ズボンをはいて訓練の時間を待つ。それだけでも気分は変わる。自分は病人ではないという気持ちになる。

とはいえ、この病院での生活が快適であったということではない。私はまだ嚥下障害があり、食事が苦痛だった。ここでも嚥下造影をしたが、体を四十五度にしても飲み込めずに、造影剤は気管の方に入ってしまう。すぐに吸引しても、むせて咳き込む。

妻が来る前に朝食が出る。ゆるい一椀のお粥だが全部は食べられない。むせがひどいときには看護師を呼んで、吸引してもらう。それを待っている時間は地獄である。「ちょっと待ってください」といって、なかなか来ないときは、死ぬかと思う。食事もおしまい頃《ごろ》になると、舌が疲れて奥に送り込めない。いつまでも舌の上で動かないお粥が、どうしても飲み込めない。「どこまで続く泥濘《ぬかるみ》ぞ」という軍歌を思い出したりした。

もう晩秋に近く日脚は速い。朝は日の出るのが遅いので、朝食の頃はまだ暗い。冬になると、窓から見える高速道路に車がぽつぽつ走り始めるのが見える。こんなに早く起きるのは、学生時代以来である。

訓練の時間までに朝食を終わって、喉の痰をきれいにしておかなければならない。食後二時間は必要だ。薄暗がりの病室のベッドで、目を半眼に開いて、むせながらお粥と格闘している自分を、醒めた眼で見ているもう一人の自分が哀れんだりした。

待っていた妻は九時きっかりに来る。本郷から電車を乗り継いで毎日通ってくれた。訓練に間に合うように電車を乗り継いでくるのだ。感謝のほかはない。

さあ戦闘開始だ。私は車椅子の上で身構える。午前は理学療法、歩く練習だ。練習の間に課せられたマット運動に汗を流して、妻が用意してくれた佃煮《つくだに》やコロッケで、またむせながらお昼をとると、もう午後の訓練の時間が迫っている。作業療法と言語療法である。急いで身支度をする。週に二回は入浴もある。午後の訓練が終わると、ぐったりと疲れてしまう。

その時間には、お見舞いの来客がある。こんな体で一言もしゃべれないのに、必ず毎週来てくれる友人たちにどんな感謝の言葉をささげたらいいのだろうか。しゃべれないことがどんなに悲しいことなのか、そのとき最も身にしみて感じた。

妻は就寝までつき合ってから帰る。その時間までが私にとって一番心休まるときだ。テレビをみたり雑談を聞いたり、時には娘も加わって私の人間らしいときが、あっという間に過ぎてしまう。

家族が帰ってしまうと、また病院の灰色の時間が待っている。頂いたステレオを聴きながら、眠ってしまう。毎日これの繰り返しである。

訓練室

理学療法の訓練室へ初めてきた人は、その光景に目を見張るに違いない。そこに広がる光景はまるでサーカスの訓練室のようだ。みんなトレーナーのようなはでなシャツを着て、スポーツジムに来たようでもある。

赤や青のボール投げをしているもの、それをゆっくりと追うもの、マットの上で手を上げているもの、速足で歩いているもの、広い天井の高い体育館のような部屋の中は、スポーツマンの汗と息でむせかえっている。ただ違っているところは、スポーツ選手のように頑健な青年ではなく、みんな肢体に障害を持った中高年の人ばかりである。

それが必死になって、マット運動や床運動に汗を流している。歯を食いしばって耐えている人、足が絡まって転倒するのをかろうじて支えている人、紙おむつを落としそうにしている人などいろいろある。いつも二、三十人の人が訓練を受けていた。

理学療法士は二十人もいるだろうか。一人の療法士が常時三、四人の患者を受け持っている。だからきちんとアテンドしてもらえるのは一日二、三十分に過ぎない。残りは自発練習だ。手を上にあげたり、寝返りを打つ練習をしたり、お尻《しり》を上げてブリッジをしたりしているのは自主訓練をしている人たちだ。

理学療法士は、患者の間をめぐって手を貸したり指示を出したりしている。一人として同じ症状の患者はいないから、全くの個別指導になる。だから自分の番が回ってきたら、必死になって訓練を受ける。一分だって無駄にできない。

こうして単調なはずの訓練室は、患者たちの必死のため息で熱くなっている。私はこの病院に来たことを喜んだ。何とか耐え抜いてやるぞと思って、希望に胸を膨らませた。

訓練開始

いよいよリハビリの訓練が開始された。訓練は朝九時から始まる。期待したように、今までのやり方とはちがった。私の担当の理学療法士のKさんはまだ若い女性だったが、てきぱきと病歴を取って、訓練の計画を決めた。

担当医は、理学療法士たちと頻繁に症例検討会をもって、訓練を処方する。誤っていれば、観察の上で直す。

私は、ここで初めてリハビリは科学であることを理解した。漫然と訓練を重ねるのとまったく違う。実際の経験によって作り出され、その積み重ねの上に理論を構築した、貴重な医学なのだ。私が医学生のころはなかった新しい学問である。

科学といったのは、たとえばどの動作にはどの筋肉が有効な収縮をするのか、麻痺した筋肉に、どうすれば刺激を入れることができるかを、解剖学的、生理学的な知識をもとに徹底的に解明する。使えない筋肉はどの筋肉か、それを代償できる筋肉はどれか。それを有効に使う方法、などの知識が要求される。たとえば麻痺側ではなくて、反対側の運動を起こさせることによって、麻痺した筋肉に予想を超えた運動を誘発したりする。

優秀な療法士は、合理的な指導や科学的な裏づけのもとに、あらゆるトリックを駆使して、不可能だった運動を可能にする。目的を知悉《ちしつ》した、熱意のある訓練が必要なのだ。

駒込病院で受けたように、いたずらに歩行距離だけを競って、長い装具のまま訓練を繰り返していたのとは大違いだった。事実、長い装具に頼ってしまった、私の脚の筋肉は萎縮してしまい、装具を替えると歩けなくなってしまったようだ。科学のないリハビリは、百害あって一利無しといったのはこれである。

その点この病院の理学療法士は、優秀だった。私を担当したKさんも、まだ若かったが、リハビリの基本を熟知し、筋肉の解剖学はもとより、筋肉の運動生理学を知悉していることが言葉のはしばしからもわかった。こうしたプロの名をはずかしめない療法士につかなければ、機能回復はおぼつかない。そういうノウハウが医師ではなく、技術者の手に蓄積されていることは心強い。

私はここで初めて、腿まである長い装具から解放された。ある日突然、Kさんに「短くしましょう」といわれ、装具の上半分をはずされた。冗談だと思った。とうていそれで歩くことなど無理だと思った。

果たして一歩も歩けない。私は再び元通り平行棒の間で、悪戦苦闘しなければならなかった。そのほか、マットで腰を上げたり寝返りを打つ単調な運動が主になったが、もしこれで歩けたらというかすかな希望が私を勇気づけた。

初めての一歩

平行棒の間では何とか移動することができたが、そこから出るともう駄目だった。右足は伸びずに、左足一本で立っている。これでは支え無しには立てない。

Kさんは、へっぴり腰で立っている私に、厳しく注意する。「多田さん、体を引き上げて大臀筋に力を入れて……」とか、「小臀筋に力を入れて、遠心性収縮を忘れないで」とか、なかなかうるさい。でも理論的にいわれるので、私などにはよくわかる。短い訓練時間を無駄にしないように、私は汗を惜しまなかった。毎日のマット運動で、体中の筋肉が痛かった。

しかし一向に歩けるようにはならない。私の脚の大腿四頭筋《だいたいしとうきん》も大臀筋も、萎えたようにまったく緊張を失っていた。こんなことでは歩けない。毎日同じことの繰り返しに、絶望しかけたときのことだ。もう訓練を始めて一カ月半もたった頃である。金沢でいわれた半年の期限は過ぎてしまった。

しかしその日は違っていた。いつものように、平行棒の間でもがいて立ち上がろうとすると、不思議な力が私を貫いた。大臀筋が緊張して、突然右脚が伸びた。そう思う間もなく、大腿四頭筋も腓腹筋《ひふくきん》もピンと張り切って、床を蹴《け》っていた。ゆっくりと一歩を踏み出し、そして歩いた。私が半年振りで、自分の足で地上を歩いた一歩であった。

あの巨人が目覚めたのだ。あの鈍重な巨人が、ようやく一歩歩き出したのだ。涙が両眼にあふれて、何も見えなくなった。

リハビリの姿

とにかく一歩歩いた。昨日までの自分とは違う自分が生まれたのだ。そう思って、私は涙が頬《ほお》を伝うのをぬぐおうとしなかった。私にとっては記念すべき日になった。その夜は何度も反芻《はんすう》して、新しく目覚めた感覚を思い出そうとした。自信はなかったが、それは夢ではなかった。本当なのだ。

翌日は早く起きて、また今日こそはと身構える。

一歩歩くことに成功したからといって、それがすぐさまいつでも歩けるというものではない。二歩目が歩けるようになるには、まだ長い熟成期間が必要だった。一歩歩いたという感触を確かめながら平行棒の間を歩こうとする。初めは一度覚えたはずの筋肉の感覚が戻ってこない。あの筋肉だといわれたではないかと、思い出そうとしても、体の方は思い出してくれない。何度も転びかけているうちに、ようやく体で覚えることができ、一歩歩くのが確実になる。Kさんについてもらって、一歩一歩掛け声をかけてもらってよたよたと歩くが、平行棒の外に出れば立つことだってままならない。何度転びそうになったことであろうか。療法士の叱正《しっせい》の声が飛ぶ。

しかしそうやって一歩が二歩、二歩が三歩というように歩数が延びる。もちろん療法士の厳重なつき添いのもとにである。Kさんが離れれば、歩みは不安定になって足がもつれ転びそうになる。あまりに不安定なのでますます自信をなくして、諦めようと思ったこともあった。しかし思い直して、文字盤を使って「見捨てないで」とKさんに懇願した。そのくらい悲壮だった。

Kさんはそんなことには頓着《とんちゃく》なしに、新しい課題を次々に出した。マットにひざ立ちになって体を保つことや、片足を組んで尻を上げていわゆるブリッジをすることなど、どれも半身不随の私には拷問のようなものだった。でも、一つひとつ納得のいく説明と、有無をいわせぬ実習に私は従うほかなかった。いつの間にか私は、介助されながらも訓練室を一周していた。五十メートルも歩いたことになる。

そうはいっても、一足ごとに足はもつれ、体はがくがくと不安定に歩くのが精一杯だった。両足は交差しがちで、ときにはもつれて元に戻らない。薄氷を踏むというのはこのことだ。

それを繰り返していたある日、Kさんがすうっと手を離し、私のところからいなくなった。不安で身がすくむ思いだった。しかし、介助なしで自分が歩いていると知ったとき、私は新しい経験をしたと感じた。それは空中を歩いているような、不思議な感じだった。

このときから、私は確実に歩いて移動していることを信じるようになった。たとえ五十メートルであろうと、もう車椅子だけが自分の世界ではなかった。よたよたと頼りなく、時には倒れそうになって、危うくKさんに助けられたこともあったが、私は歩いていた。まだ歩く初心者だから、下手でぎごちなかったが、もう歩けないとはいえない。いつかはもっとよく歩ける、たとえ右足は萎えたままでも、自分の足で地面を踏みしめて歩いてみせると、私は祈るような気持ちで信じた。

歩くということ

なぜ歩くことにこうもこだわるのだろうか。自分は障害者である。どうしても車椅子からは自由になれない。そうだとしたら、歩けなくてもいいではないか。もう半年も一歩も歩かずに生きてきた。歩くのを諦めたって生きていける。

苦しいリハビリを毎日しなくても、ほかに快適な生き方があるはずだ。電動車椅子に乗って動けばいいのだ、と思う人がいると思うが、そうではないのだ。どんなに苦しくても、みんなリハビリに精を出して歩く訓練をしている。なぜだろうか。

それは人間というものが歩く動物であるからだ。直立二足歩行という独自の移動法を発見した人類にとっては、歩くということは特別の意味を持っている。

四百万年前人類とチンパンジーが分かれたとき、人は二足歩行という移動法を選んだ。それによって重い脳を支え、両手を自由に使えるようになった。この二つの活動は互いに相乗的に働き進化を加速させた。歩くというのは人間の条件なのだ。だから歩けないというのは、それだけで人間失格なのだ。

その証拠に車椅子で町へ出てみよう。すべては人間が立った目線から眺めるようにできている。マーケットへ行っても、飾られた商品は車椅子からは見えにくい。下に並べられた魅力のないものばかりが眼に入る。町では人の顔さえも見る機会がない。

ある日散歩の途中、交差点で信号待ちをしているとき、ためしに支えてもらい立たせてもらった。立って眺めた町の風景が、車椅子で見るのと、なんと違って見えたことか。私は立ったまま、その懐かしい風景に見入った。

思えば私たちは歩く目線で、地上にいろいろなものを作ってきた。看板一つでもそうだ。車椅子に乗ったままだと見落とすような看板が、立ってみればはっきりと眼に入る。家のつくり、道路標識、商店、みんな立って見なければ見えない。車椅子の生活が味気ないのはそのためである。

作業療法と言語療法

理学療法と並んで重視されているのは、作業療法である。軽い麻痺や運動障害などでは、手の訓練のために作業療法が課せられる。私にはこれが一番遅れているように思えた。

簡単な輪投げやパズル、手芸や陶芸、習字や絵画など手を使う作業を通して、手の運動機能を回復させる療法である。日常の生活訓練もこれに入る。

しかし私のような重度の障害に対する方法論は、まだ確立されていないように私には思えた。実際にやっているのは、子供だましのようなナンセンスなパズルや、単調な作業が主である。治療に直接つながるような優れた作業療法はなかった。

これが必要不可欠なものとは到底思えない。駒込病院でもそうだったが、もっと工夫が必要だと思った。それを必要とする症例があることは確かであるが、一律にそれを課するというのはどうかと思った。そういう適応を考えるのが、リハビリテーション医学の仕事ではないか。

それより私のような重度の麻痺では、マッサージなどの理学療法のほうがどれだけ助けになるかわからない。針灸《しんきゅう》とか、ロルフィング（マッサージの一種）など、もっといい方法がいろいろある。今後のリハビリの課題ではないだろうか。

では言語のほうはどうだろうか。

声はまだいっこうに出ない。毎日練習しているのに、喉の奥から絞り出すように母音を発音できるだけだ。中でも「え」の音は難しい。根気よく指導してくれる言語聴覚士の女性について練習している間に、「一度記録しておきましょう」と、テープに入れたのを聞いてびっくりした。

なんというおぞましい声であろうか。あれが自分の声とは到底思えなかった。

そうか、あれは自分の声ではないのだ。新しく生まれる巨人の声、まだしゃべれない巨人が苦しみの声を上げているのだ。私は、耳慣れぬ声を確かめるように何度も聞いた。到底理解できない言葉を発している巨人を私はいとおしんだ。彼がしゃべり始めるのはいつであろうか。

それにしても、言語聴覚士の一般的レベルは低いといってよいだろう。金沢、駒込を通じて、親切に指導してくれた彼女たちには申し訳ないが、私がはっと眼を見開くような指導を受けたのは、ずっと後、都立大塚《おおつか》病院のMさんに出会うまでなかった。

本当のスペシャリストとして、この困難な領域で生きる覚悟は、マニュアルに頼ることではできないはずである。大切な領域であるにもかかわらず人材育成の努力が足りない。

初めてのお正月

長い冬に入って、歩行の学校の卒業のときが迫っていた。お正月は自宅で過ごせるようにと、一時退院の計画が立てられた。自宅には帰れないので、急遽《きゅうきょ》マンションを購入する計画が立てられ、妻はマンション探しに奔走した。幸い自宅の近くに新築のバリアーフリーで二LDKという貸しマンションを妻が見つけて、早速契約してきた。住み慣れた自宅は、玄関に階段があるというだけで見捨てることになった。

バリアーフリーといっても、玄関の上がりかまちは十五センチあるし、手洗いと風呂場《ふろば》にそれぞれ十センチの段差がある。しかしそれ以上の贅沢《ぜいたく》はいえない。トイレに手すりをつけ、トイレのドアは取り払ったが、それ以上の改造は許されなかった。借り手は日本では弱い立場にあった。絵をかけるための釘さえ打てないし、時計も壁掛けは駄目だった。

しかし、東向きの居間は明るかったし、南に少しばかり庭のようなベランダがあった。その向こうは、他人の家ながら広い庭園で、高い槐《えんじゅ》の木が枝を広げていた。部屋は九階建ての二階にあるので、障害を持つ私には好都合だった。それに自宅に近いので、仕事部屋を借りたと思えばそれで良かったのだ。

いよいよお正月が来た。私は入院以来初めて家に帰った。真新しい新居のマンションである。

お正月を家で暮らせるとは、夢のようだった。三十日の夜、荷物一式を抱えて娘の車で家に帰った。家は温かい空気に包まれ、病院の消毒液くさいつめたい感じとは一変していた。一夜明けて、それが実感されたときは、どうしようもない幸福感に満たされた。

お正月にはゆっくりと起きだし、げほげほと咳き込みながらも　屠蘇《とそ》を祝った。もちろんとろみ剤でどろどろにしたやつである。雑煮は無理なのでお汁だけ、友達が差し入れてくれたお節《せち》に、日本の正月を満喫したが、到底食べられぬ美しい贈り物だった。三が日は夢のように過ぎた。息子が一歳になりかかった孫を連れてやってきたが、抱いてやることもできない。娘夫婦が二組来て、家はにわかに賑やかになった。友達が見舞いがてらやって来たり、昔の教え子が奥さんをつれて年始に来る。長い間大学の教師をしていたので、お客には事欠かない。その上、趣味でやっていたお能の関係のお客様もある。ひときわ華やいだ雰囲気の若い能楽師の声が途切れると、少し歩行の訓練などをする。一日でも休むと退歩してしまう。

心配していたトイレや風呂も、何とかできるようになった。しかし十センチの段差はつらかった。毎回薄氷を踏む思いである。こけそうになって、何度そばにあった棚に救われたことだろう。装具を取ってしまうと、一歩も歩けない。湯船には妻の介助がないと入れない。体を洗ってもらうのも、ひげを剃《そ》ってもらうのも、みんな妻任せだ。湯船から出してもらって露をぬぐって寝巻きに着替えるまで、みんな人の手を借りなければならない。私は、これから続くであろうこんな毎日を思って憂鬱《ゆううつ》になった。

希　望

でも家に帰れたということは、私に一つの希望をもたらした。いつかは退院して家で暮らせる。

思ってもみなかったことだ。一生病院で暮らすことになること以外、想像したこともなかったが、退院して自分の家での生活がある。それはまったく別の世界だった。本当にできるのだろうか。

できる、と思ったところで、それ以上考えが広がらない。転倒して病院へ逆戻りすることや、再発してもう駄目だとさじを投げられることだけが頭を掠《かす》める。

こうして初めてのお正月の外泊は終わった。娘の車に乗せられて、一月四日には再び隅田川に架かった白鬚橋《しらひげばし》を渡り、うそ寒い病院に戻った。

病院では、いつものように厳しいリハビリが待っている。まるで奴隷のように追い回される毎日、規則に縛られた日常。でも、今までとは違う勇気が私を支えているように思った。希望である。数日間家に帰って持ってきたものといえば、ただあの漠然とした希望である。まだ形にはならないが、いつかは家に戻って人間らしい生活ができるというかすかな希望が、私には戻ってきたのだ。それは私のリハビリの姿を一変させた。

毎日の歩く練習にも目的ができた。Kさんの厳しい訓練に耐えて、十メートルがやっとだった歩行が、二十メートル、三十メートルと長くなった。右側を押さえて掛け声をかけて歩かせる。ともすると倒れそうになるのを、ぐっとこらえながら三十分も歩くのは、冬でも汗が出る。何よりも、頭で考えなければ歩けない。どの筋肉を使っているか、姿勢は教えられたようにまっすぐか。右に曲がっていないか。背筋は伸びているか。うつむいていないか。いちいち自分で考えながら修正する。考えないで歩けば、足が絡んだり倒れたりする。反射で自動的にできそうなことが、無意識ではできない。歩くという何気ない作業が、こんなにも複雑な手続きで行われていることを初めて知った。

人間は幼児のとき何度も倒れながら直立歩行を学ぶ。立ち上がるだけでも、脚の沢山の筋肉のみならず、重心をとり平衡感覚を全身の筋に覚えさせる大変な学習だ。だからその後は、複雑な手続きを意識しないでも歩けるようになる。随意運動を指令するのは大脳だが、脳梗塞ではその指令を出す大脳皮質の運動野が傷害されることが多い。運動の細かなスキルは、小脳に記憶として刻みつけられるが、それがやられるともっと重大な障害が起こる。

確実な歩み

約三十メートルもKさんの介助で歩けるようになったときのことだ。もう四点杖で倒れそうになることも少なくなったが、まだKさんが右から肩と腰を支えてくれなくては歩けない。

そのときKさんの携帯電話が鳴った。いつもだったら無視しているのに、その日は私の肩の手を離して電話の応答に出た。私は誰にもつかまっていない。危ない、と思い身構えた。

でも何でもなかった。私は誰の助けもなく、そこに立っていた。そして危なげなく一歩ずつ歩いていた。驚きだった。一人で歩ける。信じられないことが起こったのだ。Kさんは何事もなかったように電話を終え、また私の肩に手を置いた。びっくりしている私に、「どうしました。もう一人で歩けるのよ」といってほほえんだ。

私は一人で歩ける、歩いたのだ。と思うと、また涙が頬を伝って流れた。何という感激だろうか。私は車椅子に戻っても、涙を抑えることができなかった。

もう歩けるといっても、彼女の助けを借りなければ三メートルも持たない。重心をはずして倒れそうになる。でも歩いたという感触は動かなかった。本当に実用的に歩けるようになるには、実に千尋の谷を隔てるようなものだということがわかるのはしばらくしてからのことだった。

でもこの経験は、その後の訓練に希望を与えた。毎日一メートル、二メートルと介助が少なくなっていった。油断すれば倒れる。今転倒すれば全部水の泡だ。私は必死でがんばった。訓練室の大きな鏡に映った姿はまだ危なげで、体がくの字に曲がっている。

それでも一カ月もしたら、介助がつけば百メートルくらいは歩けるようになった。その間三十メートルくらいは、Kさんの手が離れて自分一人で歩く。一人でといっても、倒れそうになったらいつでも支えられるように、そばについていなければ怖い。階段も二、三段なら登れる。

退院の日

そんな日が続くうちに、主治医から退院の打診があった。考えてみると入院してもう四カ月が過ぎていた。都立病院だったら、三カ月で追い出されているはずである。ここは東京都のものだが、医師会が運営しているので多少はいいのだろうが、いつまでもいるわけにはいかない。やっと希望が出てきたところだが、湯島《ゆしま》のマンションも住むことができるようになったのだから退院することにした。

退院の許可は、意外に早かった。「もう、一度は退院して様子を見ませんか。どうしても悪かったら、また強化合宿に来ればいいのです」。この言葉は、この病院のリハビリでは、回復の限界に近づいていることを示していた。このあたりが引き上げ時か。マンションも用意できたし、少しは歩けるようになった。私は家族と相談し、退院の日を二週間後の二月八日に決めた。発作からは、九カ月の期間が過ぎたことになる。

まだ自信はない。でもどうにかなるだろう。それにどうにでもなれ、という気持ちもどこかにあった。

いざ退院となると、急に慌ただしくなる。お世話になった看護師の皆さん、特に理学療法士のKさんにお別れの挨拶《あいさつ》に行く。Kさんには、つらかったけどよく指導してもらった。一生このことは忘れることはないだろう。「有難う。忘れないよ」と、トーキングマシンに打ち込んで別れた。一番つらいとき力を与えてくれた人だ。この人が容赦なく指導してくれなかったら、今の自分はない。

よく晴れた冬の日の午後、娘の運転する車に、四カ月あまりの間に病室にたまったお見舞いの品々や、ステレオなどの身近のものを満載して、病院をあとにした。冬空の下に、鉛色の隅田川が流れていた。何度か妻に車椅子を押してもらって、この川に架かった白鬚橋を渡って、対岸の公園までつれて行ってもらったものだ。私は今こうして退院し、再び隅田川を渡る自分を、何か不思議な運命に流されているように思った。

これまで生きてこられたのが夢のようだった。まるで見当のつかない、これからの毎日が始まる。一人では生きてゆけない障害を持って、ひょっとすると長い老後を暮らさねばならない。私は、不確定な茫洋《ぼうよう》とした未来を思って、一人で感慨に沈んだ。

湯島の梅

湯島のマンションに落ち着くと、もう妻があれこれと段取りをしてくれてあり、なんとなく実生活のにおいがしていた。電動ベッドも尿器も病院と同じものが整えられ、お風呂も障害者用のものが待っていた。

正月に帰ってきた経験があるから、生活の仕方では困ることはない。段差のあるトイレと風呂には困ったが、おいおい慣れなくてはなるまい。

こうして重度の障害者としての生活が始まった。それは発作前とは全く違う営みである。違う人が生まれたのだ。もう前の自分に返ることはない。私は半身麻痺と言語障害を抱えて、新しい人として誕生したのだ。

湯島は坂の町である。高台にある湯島天神に向かって、急な坂からゆるい坂まで、大小さまざまな坂がある。車椅子では到底登れない坂を避けて、妻は湯島の巷《ちまた》に散歩に連れて行ってくれた。今まで見たことのない下町の賑わいは、私の好奇心を刺激したが、そう頻繁には妻に重労働を強いることはできない。

マンションは湯島天神の下にあった。私の好きな詩人、富永太郎《とみながたろう》はこのあたりに住んでいたはずだと、時々は回り道をして見回ってもらった。

ある日、とても急な坂は登れそうもないから、遠回りをして湯島天神の境内へつれていってもらった。久しぶりの散策だった。折から梅祭りで、夜店の屋台も出て賑わっていた。梅も満開に近い。ゆっくりと境内を回っていると、こうして生きているのが夢のような気がした。

さんざめく若い人たちの間を、車椅子で回っていると、昔中学時代の友達と、受験のお参りに来たのを思い出した。あのころは希望に満ちていた。しかし未来は茫漠《ぼうばく》として、何一つ確かなものは見出せなかった。いま六十年を経て、重度の障害者となり、同じ不安に対面している。私は、同じように希望が持てるだろうか。まだ未来という時間がいくらか残されているようだ。その未来は、やはり茫漠として眼前に広がっている。

私はこれから生きてゆけるのだろうか。まだまだリハビリを続けて、社会復帰を果たさねばならない。生きる不安は尽きない。私はほのかに香る梅の香りを嗅いで、いやでも希望を持つように自分に語りかけた。

「蛇の喉から光を奪え」。若いころ読んだハンス・カロッサの言葉である。一点の光も見えない蛇の喉のような絶望の闇からも、一筋の希望の光を見つけて生きよという意味だと思っている。私の光はどこに求めたらいいだろうか。

私は思い出した。金沢の夕日の光景に、突然私が感じた巨人の姿は、確実に動き出している。それはまだ二十歩も満足には歩けないが、朝起きて初めて背筋を伸ばすとき、そして杖に持ち替えて体をゆっくりと立ち上がらせるとき、そしておぼつかない一歩を踏み出すとき、私は新しい人間が私の中に生まれつつあるのを感じている。のろまで醜い巨人だけれど、彼は確かにこの世に生を受けた。この様子では、なかなか育たないだろう。

それでもいいのだ。私は私の中に生まれたこの巨人と、今後一生つき合い続け、対話し、互いに育てあうほかはない。私は自分の中の他者に、こうつぶやく。何をやっても思い通りには動かない鈍重な巨人、言葉もしゃべれないでいつも片隅に孤独にいる寡黙な巨人、さあ君と一緒に生きてゆこう。これから娑婆ではどんな困難が待っているかわからない。でも、どんな運命も一緒に耐えてゆこう。私たちは一人にして二人、分割不可能な結合双生児なのだから。そして君と一緒にこれから経験する世界は、二人にとって好奇心に満ちた冒険の世界なのだと。

妻が、一人でうなずいている私に、そっと彼女のショールを掛けてくれた。そうだ。もう一人同行してくれるものがいるではないか。さあ生きようと私は思った。

＊1　クセ舞　観阿弥《かんあみ》が猿楽に取り入れた舞。扇を持って鼓を伴奏に謡う舞。

＊2　瀝青　天然に産するアスファルトやコールタールなどの有機物質の総称。

Ⅱ　新しい人の目覚め

生きる

オール・ザ・サッドン

カフカの『変身』は、一夜明けてみたら虫に変身してしまった男の話である。その驚き、戸惑い、不安、すべてオール・ザ・サッドン（すべて突然）である。

私の場合もそうだった。一夜明けたら、思いもかけない声のない世界に閉じ込められた。目が覚めて叫ぼうとしたが声が出ない。訴えようとしても言葉にならない。その上、体は縛られたように動かない。信じられないことだ。

医師たちはそんな私をストレッチャーに括《くく》り付《つ》け、有無をいわせず核磁気共鳴装置（ＭＲＩ）の検査に連れて行った。目隠しをされて、大きな機械に横たわると、ガチャンガチャン、ポヤポヤポヤ、ビビビビビ、カポンカポンというような音が聞こえてきた。頭蓋骨《ずがいこつ》の中を透視して、脳の断面図を作っているのだ。

まるで超現実の空間に入りこんだようだったが、そんなのんきなことを言っている場合ではない。音は大きくなったり小さくなったりして、時には耳を劈《つんざ》くようなすさまじい騒音になった。逃げようとしても、無駄なことはわかっている。叫ぼうとしても、声が出ないのだから絶体絶命だ。あまりの恐怖のために全身が固まってしまった。失神してくれたなら、少しは楽になれたろうに……。

二十分あまりの検査が終わって、私は文字通り救出された。息も絶え絶えだった。顔が引きつって、人心地がなかった。妻が心配そうな顔で待っていたが、ただ目顔で、恐怖を訴えたつもりだ。

それがあの日だった。健康だった私が突然脳梗塞《のうこうそく》で倒れたのは、昨年（二〇〇一年）の五月の連休の直前であった。右半身の自由を失い、字が書けなくなった。喉《のど》の麻痺《まひ》のため、発音も発声もできない、文字通り沈黙の世界に落ちたのは。それがみなオール・ザ・サッドンだった。

そればかりではなかった。喉の麻痺は、たとえ流動物であろうと食物を飲み込むことを不可能にした。どんなに飢えていても、喉が火のように渇いても、一椀《ひとわん》の粥《かゆ》、一滴の水も飲めない、まるで餓鬼のような生活が待っていた。

それから一年。物を飲み込むことは、だいぶできるようになったが、依然として声は出ない。右麻痺は完全に固定してしまった。リハビリで、杖《つえ》を突けば歩けるようになったが、まるでゴリウォーグ[*3]のケークウォークのように、よたよたと躓《つまず》きながら五十メートル歩くのが限度である。

その日を境にして、私は別の世界に行ってしまったようだ。時間の単位が違ってしまった。切れ目のない灰色の時間が半直線的に続いている。その日から、何もかもが変わってしまったのだ。

その前日の一齣《ひとこま》でさえ今とは違う。風景には色彩がついていた。あたりは音で彩られていた。私は何気なく赤葡萄酒《あかぶどうしゅ》を飲んでいる。軽やかに話しかけ、無頓着《むとんちゃく》に笑っている。あの顔は紛れもない嘗《かつ》ての私のものだ。懐かしくて涙が出そうだ。

私は確かに二本足で歩いていた。誇らしげにイタリアの漁村やアフリカの象牙《ぞうげ》海岸を闊歩《かっぽ》していた。もう忘れてしまった二本足の関節を使って。私は鼓を打っていた。『卒都婆小町《そとばこまち》』の能の聴かせ所だ。玄人でもこんな音は出ないといわれたほど美しい音だ。もう二度とその音を聴くことはできない。

今思えば懐かしいというばかりである。私のエッセイ集『懐かしい日々の想《おも》い』（朝日新聞社）は、そんな想いから編んだ。私が五体満足だったころのエッセイを集めたものだ。

灰色の時間から見れば、色彩のある風景はなんと生命に満ちていることか、沈黙から音響へ、無意味から意味へ、諦《あきら》めから希望へ、拘束から自由への逆行性の歩みを、そこにもう一度映し出してみたかった。

私は今、若い頑健な運動選手のように、筋肉を鍛え、力を蓄《たくわ》えるためマット運動に精を出している。もはや歩けない日が、オール・ザ・サッドンにやって来ても、今日という時間を懐かしむことができるように、杖にすがってよたよたと歩行訓練に汗を流している。

＊3　ゴリウォーグのケークウォーク（Golliwog's cake-walk）　ドビュッシー作曲のクラシックピアノ曲。「子供の領分」の第六曲。

回復する生命――その1

北部タイの貧しい山間部で、山岳少数民族の麻薬問題に取り組んでいるS君から長文の手紙が来た。彼はチェンラーイの西を流れるメーコック川の上流の山地で、小さなNGOで働いている二十四歳の青年である。NGOといっても、もと先生をしていたリーダーのピパット・チャイスリンサンというタイ人と、実質的には二人だけでこの仕事をしている。

私はバンコクで二〇〇〇年の一月に開かれた国際学会の合間を縫って、タイ北部の風物を見ておこうと、ここを訪れた。いわば物見遊山の旅である。近代文明にさらされていない山岳地帯に、ある種の癒《いや》しを期待したのだ。

この地方は、最近まで「黄金の三角地帯」と呼ばれ、麻薬の取引で名を馳《は》せたところである。まだ旅行者には安全とはいえない。S君のいるNGOが、黄金の三角地帯を行く旅行者の案内をして、資金の一部をまかなっていると聞いて、それに乗ろうと思ったのだ。プログラムでは、山岳少数民族にも会えるという。物珍しさも加わって私の好奇心は募った。私はアフリカでもインドでも、同じようなＮＧＯのお世話になった。きっと面白いところに連れて行ってもらえるだろう。

ところがミイラ取りがミイラになってしまったのだ。Ｓ君と話をしていると、このプロジェクトに関して、不思議な興奮が私に伝染したのである。この旅行で何を見たかは別にも書いたので、Ｓ君と話したことだけを書く。

Ｓ君は、大学在学中に、東南アジアの地域を見学するスタディツアーで初めてここへ来た。ここで文明から取り残された、山岳少数民族の麻薬汚染と悲惨な生活を見て、いつの間にか卒業後ここに来てしまった。そして三年が経《た》ってしまった。

ピパットさんの仕事に深く感銘したことが、動機のひとつであった。はじめは一時的なボランティアのつもりだった。

ピパットさんは貧しい家に育った。アメリカの奨学金で日本の大学に留学した後、小学校の教諭になってこの地方に赴任した。生徒にいた山岳民族の子の麻薬禍を知り、このＮＧＯを始めたのである。ピパットさんは、私財を擲《なげう》って麻薬に犯された村人を救う活動をしている。メーコック川の上流の施設に麻薬患者を集め、独特の集団治療をしている。

S君は麻薬患者の暴力にさらされ、飲み水も電気もない異国の山中で、長い熱帯の雨季を一人で耐えながら、この仕事を手伝った。汚染された村の子供たちの教育活動にも加わった。気がついたときには、もう三年が過ぎていた。

その間に彼の見たものは、開発の波にもまれる少数民族の悲惨な現実だった。貧困に追い討ちを加えるように、差別やエイズの問題もある。学校をやめた子供を見舞うと刑務所に入っていたり、夜の仕事をしていたりした。

私は感動しながら聞いたが、ついでに意地悪な質問をした。それは私自身はっきりと答えられないことだったし、アフリカで蠅《はえ》の浮いているスープを平気で飲んでいた、ヨーロッパから来たNGOの青年にも尋ねたことである。なぜ、こんな悪条件のここにいるのか。なぜ、このような困難な仕事をしているのか。

それは即答できるような問いではなかった。私はそれをS君の宿題に残してタイを後にした。

その答えが来たのだ。レポート用紙十枚にびっしりと書いてある。山岳民族がおかれた厳しい現実、麻薬やエイズ、貧困と人権無視と戦いながら、私の宿題と対決し、やっと自分の言葉で伝えられる部分が少し出来たので書きますと冒頭に有った。

「日本にいたときは、自分が病んでいること、傷ついていることに気づかず生きてきたが、現場に身を投じて、彼らの生命の回復に携わることによって自分が癒されるのを、無意識のうちに求めてきたのだと思います。ここでは貧しくても必死に生きている。生活のリズムはゆったりとしているかもしれないが、みな生きるために考え、生きるために動いています。自分ははじめて生きることを学ばせて頂いたような気がします」と結ばれていた。

彼らが麻薬中毒から回復するのを眺めながら、逆にS君が癒されていたのだ。本当は自分のほうが衰弱していて、回復の術《すべ》を失っていた。回復の喜びは彼らのためではない。自分の生命の回復が嬉《うれ》しいのだ。

日本にいたときは、生と死とか、現実とバーチャルな空間など、抽象的な感覚だったものが、ここでは生きるということ、回復してゆく生命の喜びを実感するようになった感動が、行間ににじんでいる。S君のユーレカ[*4]である。

誰《だれ》かのために何かをするのではない。病んでいるのは自分だ。相手の生命が回復するのを見て、自分も生命を回復させられることに感謝しなければ、NGOなど務まらない。久しぶりに届いたS君の手紙に、私の病んだ心まで洗われるような気がして、彼のユーレカに乾杯した。

＊4　ユーレカ　「われ見いだせり」という意味のギリシャ語。アルキメデスが金の王冠の純度を量る方法を風呂《ふろ》の中で発見したときに叫んだという話に基づく言葉。

回復する生命——その2

一昨年（二〇〇一年）の五月、私は突然脳梗塞で倒れ、三日の間、死線を彷徨《さまよ》った。気がついたときには右半身が完全に麻痺していた。その瞬間から言葉もいっさいしゃべれなくなった。

全く突然の、信じられない異変だった。私はおしゃべりではないが、人と談笑するのは好きだった。それが一言もしゃべれない。途方にくれた。

今でも夢でないかと疑うことがある。でも残念ながら夢でない。診断は仮性球麻痺による重度の構音障害で、言葉のほかに嚥下《えんげ》機能も侵され、食事ばかりか水も飲めない。もうそろそろ二年というのに、朝夕チューブを入れて水分を補給している。

体のほうはリハビリで幾分よくはなったものの、いまだにしゃべること、水を飲むことは全くできない。杖を突いて、肩と腰を支えられて、五十メートル歩くのがやっとだ。筆舌に尽くせないほどの苦痛がまだ続いている。

誰かに起こりうることは自分にも起こる。突然の不幸に苦悩し、絶望して一時は自死まで考えたが、今ではせっせとリハビリに通っている。

私の麻痺は重度だから、いくらリハビリをしても回復はおぼつかない。脳の一部は死んでしまったのだ。神経細胞が二度と再生しないのは、よく知られた事実である。

入院中は毎日のスケジュールに従っていればよかったが、退院後のリハビリはつらい。週四日、雨の日も雪の日も、妻に車椅子《くるまいす》を押させて病院に通う。そして強制的な機能訓練だ。

私は一生懸命やっているつもりだが、なかなか歩けるようにはならない。こんな苦しいリハビリの訓練を続けるのは何故《なぜ》だろうかと、時々考える。リハビリなんかやめて、電動車椅子にバリアーフリーの部屋、介護保険などを使って、安楽に暮らせばいいではないか。

でも私はそうはしないつもりである。いくらつらくても、私はリハビリを楽しみにしている。週に四日間、歩行訓練と言語機能回復のために、病院に通うのが日課になった。私にも家人にも大変な負担だ。そんなことをしても、目立ってよくなる気配は見えない。エンドレスの、不毛の努力をなぜ続けているか。

その理由を書こう。

私には、麻痺が起こってからわかったことがあった。自分では気づいていなかったが、脳梗塞の発作のずっと前から、私には衰弱の兆候があったのだ。自分では健康だと信じていたが、本当はそうではなかった。安易な生活に慣れ、単に習慣的に過ごしていたに過ぎなかったのではないか。何よりも生きているという実感があっただろうか。

元気だというだけで、生命そのものは衰弱していた。毎日の予定に忙殺され、そんなことは忘れていただけだ。発作はその延長線上にあった。

それが死線を越えた今では、生きることに精いっぱいだ。もとの体には戻らないが、毎日のリハビリ訓練を待つ心がある。体は回復しないが、生命は回復しているという思いが私にはある。いや、体だって、生死を彷徨っていたころに比べれば少しはよくなっている。

今日はサ行の構音が幾分聞き取れたと言語聴覚士が言ったとか、今週は麻痺した右の大臀筋《だいでんきん》に力がはいっていたと理学療法士にほめられたとか、些細《ささい》なことが新しい喜びなのだ。リハビリとは人間の尊厳の回復という意味だそうだが、私は生命力の回復、生きる実感の回復だと思う。

まだ一人で立っていることさえままならないが、目に見えない何かが体に充《み》ちてきている。目に見える障害の改善は望めない。でも、何かが確実に回復していると感じる。どうもそれは、長年失っていた生命感、生きている実感らしい。

顕微鏡に微動螺子《ねじ》というのがついている。一回転で何十分の一ミリほど鏡筒が進んでピントが合う。肉眼では見えぬ速度だ。その微動螺子と同じように、見えない速度で確実に回復していくものを感じるのだ。

生命力の回復なんて、どうもそのようなものらしい。長い冬の間に、目に見えない力が樹木に充ちてきて、いつの間にか芽になっている。蕾《つぼみ》さえも膨らんでいる。その花だって「遅速あり」と古人は言った。その力は誰にも見えない。

ましてや私の場合は、脳神経が侵されたのである。症状はよくなるはずはない。毎年咲く花とは違う。でも長年失っていた生命力が見えない速度で充実し、回復しようとしているのを感じている。そんな力は、皮肉なことに体が丈夫なころは感じることはなかった。

つらいリハビリに汗を流し、痛む関節に歯を食いしばりながら、私はそれを楽しんでいる。失望を繰り返しながらも、体に徐々に充ちてくる生命の力をいとおしんで、毎日の訓練を楽しんでいる。

苦しみが教えてくれたこと

病気などと無縁だと思っていた私が、脳梗塞で右半身不随になってから、まるで病気のデパートのようにいろいろな病気の巣になってしまった。それも回復不可能なものばかり。まるで「もぐらたたきゲーム」のように、次から次に現れる。

二〇〇五年の五月には前立腺癌《ぜんりつせんがん》が発見された。すでにリンパ節への転移もあり、切除は不可能な段階であった。出来るのはホルモン療法、といっても積極的なホルモン投与療法をすると脳血栓《のうけつせん》の再発を招くというので、睾丸《こうがん》を摘除する「去勢法」だけを受けた。若いころ私を苦しめ続けた煩悩《ぼんのう》の種ともさっぱりとおさらばして、身も心も軽くなった。おかげで腫瘍《しゆよう》マーカーも激減したと思う間もなく、次の難題が待っていた。

入院するたびに病気は重くなるらしい。日本の病院は、患者を娑婆《しやば》から隔離し、絶望させ、衰弱させるところのようである。退院するころになると、今度は尿路結石が発見され、そこにＭＲＳＡ（多剤耐性菌）の院内感染という新手の敵が加わった。退院しても、発熱と排尿困難に苦しめられた。それが少しよくなったかと思うと、今度は喘息《ぜんそく》という強敵が加わった。休む間もなく呼吸困難に悩まされている。

半身麻痺は、体が動かないだけではない。一日中筋肉の緊張が高まって、休んでいても楽ではない。いつも力を入れているようなものだ。それだけではない。私の後遺症には重度の嚥下障害、構音障害が重なっている。物が自由に食えない。水や流動物は飲めない。

食事は私にとって最も苦痛な、危険を伴う儀式である。おかゆは何とか食べられるようになったが、油断すると激しくむせる。ご飯粒《はんつぶ》一粒でも気管に入ると肺炎になる危険がある。排除するための咳払《せきばら》いが出来ないのだ。

食後は必ず痰《たん》と咳に悩まされる。あまり苦しいときには、スポンジのブラシを喉に突っ込んで、強制的に咳を起こさせ、異物を排除する。でないと眠ることさえ出来ない。以前はどうしても咳を起こさせることが出来ず、この喉を切り裂いても痰を取りたいと、輾転反側《てんてんはんそく》する夜を送ったものである。

構音障害は、私から会話を奪ってしまった。発作から五年たつが、まだ満足に挨《あい》拶《さつ》も出来ない。

脳梗塞の発作の後、今まで何気なくやっていたこと、たとえば歩くことも、声を出すことも、飲んだり食べたりすることも突然出来なくなった。自分に何が起こったのか理解出来なかった。声を失い、尋ねることも出来なかった。叫ぶことすら不可能な恐怖と絶望の中で、死ぬことばかり考えて日を過ごした。呻《うめ》き声《ごえ》だけが私に出来る自己表現だった。自死の方法を考えて毎日が過ぎた。今思えば危機一髪だった。

でもこうして生きながらえると、もう死のことなど思わない。苦しみがすでに日常のものとなっているから、黙ってつき合わざるを得ないのだ。時には「ああ、難儀なことよ」と落ち込むことがあるが、そんなことでくよくよしても何の役にも立たないことくらいわかっている。

受苦ということは魂を成長させるが、気を許すと人格まで破壊される。私はそれを本能的に免れるためにがんばっているのである。

病気という抵抗を持っているから、その抵抗に打ち勝ったときの幸福感には格別のものがある。私の毎日はそんな喜びと苦しみが混ざりあって、充実したものになっている。

朝起きた瞬間から抵抗は始まる。硬い装具をつけてもらうと戦闘開始である。「おはよう。今日はうまく立ち上がれるか」と挨拶する。そして鈍重《どんじゅう》な巨人のように、不器用に背を伸ばす。曲がった骨が痛くてよろけるが、こけると致命的である。緊張する。

一日中、そんな戦いは続く。腰が痛くても、寝転んで休むわけにはいかない。装具をはずさないと横にはなれない。装具をはずすと人手を借りないと起き上がれないし、トイレにも行けない。だから一日中硬い装具に縛られたままである。リハビリのない日は、パソコンを打ち続け、風呂に入るまで我慢する。おかげで夜はバタンと熟睡してしまう。週三回のリハビリに通うと、暇な時間はない。ある意味では充実した毎日である。

そんな中で、私はいろいろな喜びを味わっている。私流「病牀六尺《びょうしょうろくしゃく》」である。

病という抵抗のおかげで、何かを達成したときの喜びはたとえようのないものである。初めて一歩歩けたときは、涙が止まらなかったし、初めて左手でワープロを一字一字打って、エッセイを一篇《いっぺん》書き上げたときも喜びで体が震えた。

今日は「パ」の発音が出来たといっては喜び、カツサンド一切れが支障なく食べられたといっては感激する。なんでもないことが出来ない身だからこそ、それが出来たときはたとえようもなくうれしいのだ。

そうやって、些細《ささい》なことに泣き笑いしていると、昔健康なころ無意識に暮らしていたころと比べて、今のほうがもっと生きているという実感を持っていることに気づく。

身体についても新しい発見がある。たとえば頬《ほお》の痒《かゆ》みを掻《か》くと麻痺した手が不随意に動く。あくびと同時に、麻痺した腕の筋肉が緊張する。猫のあくびと同じだ。いわゆる錐体外路《すいたいがいろ》系の神経が活動するからだろうか。麻痺で不随意になっても、人間の運動系は一体になって動いていることが実感としてわかる。こんなことも健康なときには気づかないで、何でも細分化すれば理解できると思っていた。医学を学んだ身として愚かなことだった。

これからも新しい病気は次々に顔を出すだろう。一度は静かになった癌だけれど、いつかは再発するだろう。でもそのときはそのとき、どうせ一度は捨てた命ではないか。あの発作直後の地獄を経験したのだから、どんな苦しみが待っていようと、耐えられぬはずはない。病を友にする毎日も、そう悪くないものである。

障害者の五十年

香川紘子《かがわひろこ》さんは愛媛県松山市に住んでいる女流詩人である。私は十八、九歳の少年のころから名を知っている。香川さんは確か、私よりひとつ年下のはずだから、かれこれ五十年もの長い知り合いになる。といってもお会いしたことは、たったの二回だけである。

私が田舎の文学少年だったころ、その当時権威のあった「詩学」という詩の雑誌に、みずみずしい感性の抒情詩《じょじょうし》を投稿している少女がいた。それが香川さんだった。

どういうわけか、私は香川さんが障害者であることを知っていた。そんな詩を読んだのかも知れない。しかし、どんな障害かは知らなかった。それゆえに、かえって憧《あこが》れに似た気持ちで彼女の詩を読んでいた。

同じ雑誌には、谷川《たにかわ》俊太郎《しゅんたろう》さんや川崎《かわさき》洋《ひろし》さんなども常連の投稿者で、いわば若い詩人たちの登竜門の観を呈していた。私も投稿したが、なかなか採用されないでいた。

私は、香川さんの詩に強く惹《ひ》かれていたが、お会いする機会はなかった。当時松山に、私の大叔父が住んでいた。大正から昭和の初期にかけて活躍した詩人だった。私は大学の夏休みに長い四国旅行を企て、松山にその大叔父を訪ねた。ついでに憧れていた香川さんを見舞うことにした。

そのとき初めて、香川さんが予想を超えた重度の障害者であることを知った。八畳ほどのお部屋に彼女はか細い体を横たえていた。重度の脳性麻痺で、立ち上がることもできない。

私は衝撃を受けて立ちすくんだ。事情も知らずに、のこのこ出てきた自分の無神経さを恥じた。その日は、しょうことなしに寝たままの香川さんと、最近の詩壇のことなどを話して帰った。

幸いにも、香川さんのお父さんはお医者さんであった。おかげで手を尽くした医療を受けることができた。お母さんをはじめ、周囲のかたがたの手厚い介護を受けて、その後も詩作を続けておられると聞いた。だから彼女の詩には暗い影がちっともないのだと、私は納得した。

私は医学の勉強で忙しくなり、自然に詩作とも遠ざかって、香川さんのことも思い出すことはなかった。ただそのころ出された『方舟《はこぶね》』という彼女の処女詩集は、長いこと私の書棚の片隅に置かれていた。


それから幾歳月がたって、二〇〇〇年の六月、私は松山を訪ねる機会があった。四十五年ぶりのことである。風の便りに、香川さんが今も元気で詩を書いていることと、『香川紘子全詩集』を出されたことを知ったからである。私は香川さんを、もう一度訪ねることにした。

お兄さんの整形外科の病院の一室で、普段はひっそりと暮らしていた香川さんは、わざわざご自宅まで帰って私を待っていてくれた。梅雨明けの炎天の日だった。

香川さんは依然寝たままだったが、この四十五年の間に白髪も交じって上品なおうなになっておられた。その間にお世話なさっていたご両親をなくされ、何匹かの愛犬にも先立たれた。それらの事件が、重度障害者の彼女にとってどんなに痛ましいことだったか、言われなくても分かった。

それでも笑顔を絶やさずに、私たちを迎えてくれた。そんな姿にも、周囲の温かい人々の手厚い介護の手があったことがよく分かった。それにしても重度の障害を持って過ごしたこの四十五年が、どんなに重いものだったかを思って、健常者である私は胸がつまった。

この訪問から一年ばかりのうちに、私も重度の障害を持つ身となった。新米の障害者である。私の障害は香川さんに比べればずっと軽いが、新米には苦しいことが多かった。もう決して治ることのない障害者が、この天地の中でどんなにたよりない弱者であるかを思い知った。まだ二年余りというのに、心萎《な》えることが多い。

あれから四十五年余り、いや私の知らなかった時間まで含めたら六十八年の長さを香川さんは生き抜いてきたのだ。障害者といっても年季が違う。そのうち五十年に近い時間を、詩を書き続けて駆け抜けてきた。詩を書くというのは、言葉の格闘技のようなものだ。常の文章を書くのと違って、大変な集中力がいる。

そんな香川さんから、時折お手紙や声のお便りが届く。彼女はペンを手に持てないから、口述筆記か、テープに録音した声のメッセージである。

か細い声だが、文法やテニヲハには一字だって間違いはない。テープに入れるのだって大変な作業に違いない。テープの最後まできっちりと録音されている。そういう声の便りを聞くと、こちらまで元気づけられる。

障害者としては新米の私が、生まれつき障害を持って生き続けた彼女に、励まされているのである。本当の障害者として生きるのも、そこでいい仕事をするのにも、相応の年季がいるものだと私は覚《さと》った。

理想の死に方

白洲正子《しらすまさこ》さんは死を予感して、ご自分で電話して救急車を呼んだ。待っている間に、お好きなものを食べた。入院して間もなく昏睡《こんすい》状態となり、旬日《じゅんじつ》を経ず他界した。

その一週間ほど前、一献《いっこん》差し上げたいからといささか急なお招きがかかった。いぶかりながらも、鶴川《つるかわ》のお宅に伺ったところ、白洲さんは二階で床に着いていた。そのとき白洲さんが、月の光のようにキラキラとした顔をしておられたのを、今でも思い出す。

その夜、白洲さんは酒宴には加わらなかった。私たちはスッポンの饗応《きょうおう》にしたたかに酔って、夜遅く帰宅した。

後で、それは白洲さんのお別れの儀式だったと知った。私はそんなこととは露知らず、最後のご挨拶もし損ねたことを悔やんだ。ただあの妙にキラキラした面差しだけが、いっそう印象深く思い出される。

それから一週間後に入院され、亡くなったのだ。私はいろいろな人の死に出会ったが、これなどは理想的な死に方だと思う。お葬式も戒名もなかった。後で、古代布で包まれた、遺骨に対面したが、お年のわりにずっしりとした重さに、「韋駄天《いだてん》お正」と青山二郎《あおやまじろう》が呼んだ、歩き続けの一生が偲《しの》ばれた。

こんな死に方をしたいと心に決めてきたが、私のほうはそうはいかなくなった。二〇〇一年、私は旅先で脳梗塞に襲われ、死地をさまよった末生き返り、重度の右半身の麻痺と摂食障害、言語障害の後遺症をもつ身となった。まだ一言もしゃべれない。自死も考えたが、助かったからには生きなければならぬと思った。

こうして不自由な体を抱えて私は生き延びている。嚥下障害の苦しみは筆舌につくせない。右麻痺だけでもつらいのに、毎食後必ずやって来る咳と痰の苦しみは筆舌に尽くし難い。毎日肺炎の危険と戦っているのだ。苦しくても叫ぶことも出来ないし、訴えることも出来ない。まして電話で救急車を呼ぶなんてことなどできない相談だ。寝るにも起きるにも介護の手を借りなければならない。私は理想の死に方さえ奪われてしまったのだ。
さてと、考えてしまう。死線をさまよって生き返った身だ。死はもう怖くない。発作直後は、苦しさのために死ぬことばかり考えていた。今でも死を思わぬ日はない。でもこんな体では理想の死に方といわれても、答えに窮する。出来ることが、あまりに限られているからだ。

私は麻痺を除けば、体は頑健だ。うまく死ねそうにない。阿鼻叫喚《あびきょうかん》の最後くらい覚悟している。でもこれまでの苦しさに比べれば、どんな苦痛にも耐える自信はある。私のような重度の障害者は、日常が苦痛の連続である。声を失った今は、叫ぶことさえできない。

そしてシジフォス[*5]のように、果てのないリハビリの訓練の毎日である。嚥下障害は、どんなに空腹でも物が食べられない。水も飲めない。タンタロス[*6]の苦しみでもある。

幸い考える力だけは残された。それを使って死に方を考えるほかはない。

そこで、少し体を痛めつけるくらい仕事をしている。一日五、六時間はキーボードに向かう。左手だけしか使えないから、両手を使える人の十倍も時間はかかるし、疲れもする。それにリハビリの訓練が加わる。車椅子に座っているだけで消耗するから、リハビリのあった日はベッドに入るとすぐ眠りに落ちる。

どうやら、私は知らないうちに答えを見つけていたようだ。それは平凡だが「歩キ続ケテ果テニ熄《や》ム」というようなことらしい。私は物理的には歩けないが、気持ちは歩き続けている。白洲さんも西行《さいぎょう》も、結局同じところに理想の死を見つけたのではないか。体は利かないがこれならできる。もう少しだ、と思って、私はリハビリの杖を握り、パソコンのキーボードに向かう。そして明日死んでもいいと思っている。

＊5　シジフォス　ギリシャ神話の中の人物。ゼウスにより、地獄に落とされ、大岩を山頂へ運ぶ罰を受けた。大岩はあと少しで必ず転げ落ちたという。

＊6　タンタロス　ギリシャ神話の中の人物。ゼウスの子。神の怒りにふれ、地獄で永久の飢渇に耐え忍ぶ罰を与えられたという。

リハビリ中止は死の宣告

私は脳梗塞の後遺症で、重度の右半身麻痺に言語障害、嚥下障害などで物も満足には食べられない。もう五年になるが、リハビリを続けたお陰で、何とか左手だけでパソコンを打ち、人間らしい文筆生活を送っている。

ところがこの二〇〇六年三月末、突然医師から今回の診療報酬改定で、医療保険の対象としては一部の疾患を除いて障害者のリハビリが発症後百八十日を上限として、実施できなくなったと宣告された。私は当然リハビリを受けることができないことになる。

私の場合は、もう急性期のように目立った回復は望めないが、それ以上機能低下を起こせば、動けなくなってしまう。昨年（二〇〇五年）、別な病気で三週間ほどリハビリを休んだら、以前は五十メートルは歩けたのに、立ち上がることすら難しくなった。身体機能はリハビリをちょっと怠ると瞬く間に低下することを思い知らされた。これ以上低下すれば、寝たきり老人になるほかはない。その先はお定まりの、衰弱死だ。私はリハビリを早期に再開したので、今も少しずつ運動機能は回復している。

ところが、今回の改定である。私と同様に百八十日を過ぎた慢性期、維持期の患者でもリハビリに精を出している患者は少なくない。それ以上機能が低下しないよう、不自由な体に鞭打《むちう》って苦しい訓練に汗を流しているのだ。

そういう人がリハビリを拒否されたら、すぐに廃人になることは、火を見るより明らかである。今回の改定は、「障害が百八十日で回復しなかったら死ね」というのも同じことである。実際の現場で、障害者の訓練をしている理学療法士の細井匠さんも「何人が命を落とすのか」と二〇〇六年三月二十五日の朝日新聞東京本社版・声欄に書いている。ある都立病院では、約八割の患者がリハビリを受けられなくなるという。リハビリ外来が崩壊する危機があるのだ。

私はその病院で言語療法を受けている。こちらはもっと深刻だ。構音障害が運動麻痺より回復が遅いことは医師なら誰でも知っている。一年たってやっと少し声が出るようになる。もし百八十日で打ち切られれば一生話せなくなってしまう。口蓋《こうがい》裂《れつ》の子供などにはもっと残酷である。この子らを半年で放《ほう》り出すのは、一生しゃべるなというようなものだ。言語障害者のグループ指導などできなくなる。

身体機能の維持は、寝たきり老人を防ぎ、医療費を抑制する予防医学にもなっている。医療費の抑制を目的とするなら、逆行した措置である。それとも、障害者の権利を削って医療費を稼ぐというなら、障害者のためのスペースを商業施設に流用した東横インよりも悪質である。

何よりも、リハビリに対する考え方が間違っている。リハビリは単なる機能回復ではない。社会復帰を含めた、人間の尊厳の回復である。話すことも直立二足歩行も基本的人権に属する。それを奪う改定は、人間の尊厳を踏みにじることになる。そのことに気づいて欲しい。

今回の改定によって、何人の患者が社会から脱落し、尊厳を失い、命を落とすことになるか。そして一番弱い障害者に「死ね」といわんばかりの制度をつくる国が、どうして「福祉国家」と言えるのであろうか。

新しい人の目覚め

二〇〇一年の五月、旅先で脳梗塞に見舞われ、右半身の完全な運動麻痺に加えて声を失い、嚥下の障害で水さえ飲めなくなった。声が出ないから、苦しくても訴えることもできない。喉が渇いても、喉を潤すことはできない。まさに地獄のような苦しみである。

初めは嘘《うそ》だと思った。冗談じゃない。しゃべれないなんて。前の日まで元気に講演して歩いて、夜になるとビールを飲み干していたのだから、この異変は信じられなかった。でもそれが現実だった。

死地を脱して、病後の半睡の状態から目覚めたときは、絶望して死のうと思った。それが何とか生き延び、こうして呼吸しているのは夢のように思える。

リハビリを続けてはいるが、麻痺はもう動かないものになって、実用的には歩くことはできなかった。声もまだ出ないし、水分は管を入れて補給している。食物は管ではなくなったが、やっとおかゆを咳《せ》き込《こ》みながら一椀飲み込むに過ぎない。あんなに死を望んでいたのに、どうして生きられたのか、今思えば不思議である。でも生の感覚だけは今のほうが旺盛《おうせい》だ。その理由を考えた。

もう体は回復しない。神経細胞は再生しないのだから、回復を期待するのは無意味だ。それだけは、この二年の間に思い知った。ダンテの地獄篇に「この門をくぐるもの　すべての希望を捨てよ」とあったが、この病気でも同じである。

しかし私の中に、何か不思議な生き物が生まれつつあることに気づいたのは、いつごろからだろうか。初めのうちは異物のように蠢《うごめ》いているだけだったが、だんだんそいつは姿を現した。

まず初めて自分の足で一歩を踏み出したとき、まるで巨人のように不器用なそいつに気づいた。私の右足は麻痺して動かないから、私が歩いているわけではない。それでも毎日リハビリに励んでいるのは、彼のせいだと思う。まだ杖を突き人に介助されながら、百メートル歩けるに過ぎない。それでも時には進歩したなと思う。

声が出たときもそうだ。今までどんなに振り絞っても、かすれた呼吸音だけだったが、言語療法でやっとのこと「アー」と言う声が出た。録音されたのを再生してみると、おぞましい聞き覚えのない声だった。昔の私の声とは似ても似つかない、ミイラのような声である。私はぞっとした。でもこの後、人とコミュニケーションするにはこの声に頼らなければならない。

私はこの新しく生まれたものに賭《か》けることにした。自分の体は回復しないが、巨人はいま形のあるものになりつつある。彼の動きは鈍いし寡黙だ。それに時々は裏切る。この間こけたときは、右腕に大きなあざを作った。そのたび私は彼をなじる。でも時には、私に希望を与えてくれる。今日はSの発音がそれらしく聞こえたと言われては、ぬか喜びする。構音の訓練はそんなにたやすいはずはないのだ。でもミイラの声が、どんな人間の声になるかと、私は期待している。

もとの私は回復不能だが、新しい生命が体のあちこちで生まれつつあるのを私は楽しんでいる。

昔の私の半身の神経支配が死んで、新しい人が生まれる。そう思って生きよう。そうすると萎えた足が、必死に体重を支えようと頑張っているのが、いとおしいものに思えてくる。

この間（二〇〇三年）、私の新作能『一石仙人《いっせきせんにん》』が上演された。車椅子で能楽堂に何度も出かけ、言葉で指示することはできないが、舞台稽古《ぶたいげいこ》まで見届けられたのは、なんという幸運なことであろう。曲がりなりにも命ながらえて、生命の生まれる兆しを目撃する感動を、知る喜びをかみしめたい。

考える

「患者様」にやさしい病院業務

インドを旅行していた時、州立病院の満員の待合室に牛が迷い込んできた。牛を神聖視するこの国では珍しい風景ではない。床にサリーを広げて蹲《うずくま》って順番を待っていた患者の女たちを、棒を持った警備員が、牛と一緒に小突きながら追い立てていたのが心に残った。

女たちは、私の用件がすんで迎えの車が来る三時間あまりが過ぎても、同じ姿で待っていた。私は、この国の人々の医療を受ける権利について考えていた。外では埃《ほこり》っぽい道路に激しい太陽が照り付けていた。

私は熱暑の東京の病院で、同じような思いを経験した。支払いのために待合室に長蛇の列を作っている患者たちを眺めながら、不意にインドの女たちを思い出したからだ。

脳梗塞後遺症のリハビリのため、私は週に四回通院している。二回は歩く練習のため理学療法へ、後二回は言葉の訓練のため言語療法に通っている。そのほかにも高血圧の薬をもらいに内科に行ったり、時々は前立腺肥大のため泌尿器科の検診も受けている。歯医者の予約まで含めれば、大方のウィークデイは病院にお世話になっている。

病を持つ多くの老人には、多かれ少なかれ病院通いが生活の一部になっている。だから病院の業務は他人事ではない。健康のころは思いもよらなかった親密さである。

なんといっても病院は時間がかかる。リハビリなど毎日同じことを繰り返しているのに、一日仕事になってしまう。単純に薬を処方してもらうにも半日はかかる。

これでは病院にかかったら、日常の仕事はあきらめなければならない。私のように現役を退いたものはあきらめられるが、働いている人の負担は計り知れない。

アメリカで慢性の肺化膿症《はいかのうしよう》で毎日病院に通っている友人を知っているが、日常の生活が病院一辺倒ではなかった。自分で自動車を運転して病院の治療室に行ったら、その足ですぐ仕事に行く。日本のように病院業務が煩雑でなかったに違いない。そういえばアメリカで絶対に見たことのない風景がある。待合室で待たされている患者の群れである。

患者、つまりペイシェントとは、耐える者、待つ者の意味である。だから待つのはやむを得ないと、患者も病院も思っているらしい。しかし、度を過ぎた待たせ方は患者の人権にかかわる。三時間待って三分の診療といわれるが、予約があったにもかかわらず一時間以上待たせられたら、私はその病院の信頼性を疑う。医者と喧《けん》嘩《か》して帰ってしまったこともある。患者の権利は堂々と主張したほうがよい。

診療を待つのならまだましだが、つらいのは支払窓口で待つ時間である。やっとのこと診療を終えて、支払窓口に行くと長蛇の列である。待合室のベンチもないときがある。ある私立大学病院では、おばあさんが座る席もなく、何時間も待たせられていた。高度先進医療で有名な大学病院でさえこの有り様だ。いや有名な病院だからこうなるのだろうか。市中の大きい病院では、支払いするのも一仕事である。近頃「患者さん」から「患者様」に呼び名は変わったが、耐え忍ぶ人、待つ人という点は変わらない。終わった診療票を提出してから名前を呼ばれるまで、早くても三、四十分はかかる。電算機でやっているはずだが、こんなやり方は改善できるはずだ。

私は病院の支払いこそ、クレジットカードによる銀行の自動引き落としにするべきだと思う。どこの病院でも、診察券は磁気カードになっている。初診のときに番号を登録して、診療記録をコンピューターに入れれば、自動的に保険の点数が金額となって請求される。患者は後で確認すればよい。

なぜこんなことが出来ないのだろうか。デパートやスーパーでもカードを使えるではないか。ＪＲでさえ、不特定多数の人のカードを取り扱っている。自動支払機を設置した東大病院でも三十分はかかる。第一、なぜ病院だけオン・サイトで現金で支払う必要があるのか不審である。払わずに逃げてしまう心配でもあるのだろうか。医者不信でなく患者不信である。でも病院ではそんなことはないだろう。ほかに頼るところのない患者である。

患者の個人情報は、自動引き落としにはデータが載らないから心配ない。心配な人は、今と同様に現金で払うようにすればよい。慢性の病気で、毎回同じ処置を受けている患者には、支払いのための時間は大変な負担である。自動引き落としになったらどんなに助かるか。少なくとも支払方法の選択の機会を与えるべきだ。いつも現金を持ち歩かなくてもよければ、患者はもちろん、介護の人も喜ぶはずだ。患者に優しい医療は、名前に「様」をつければいいというものではない。

近代医療に欠けているもの

前立腺癌の精査のために、某有名国立大学病院に入院した。数年前までは古い汚い建物だったが、今は建て直されて東京の先端医療の中心となっている。先端設備も完備し、日本の医療の頂点に君臨している。

医者も看護師も技術者も忙しそうに働いている。私はこれなら安心と、大船に乗った気持ちでいた。部屋は狭く、プライバシーが守られないという欠点はあったが、日本の現状では仕方あるまい。

しかし、検査が始まってみると問題が山積だった。めまぐるしく検査が立て込んでいる日があると思えば、一日中何もなく部屋でぽつねんと暮らす日もある。予約してしまうと、何があっても時間は変えられない。

腹部に異常感を訴えても、前立腺とは無関係だから見てくれない。ここだと手を当てているのに触ろうともしない。医者は前立腺のことしか頭にないらしい。

　大体このごろの医者は、患者の顔を見ようとしない。パソコンのデータばかりを覗《のぞ》き込んでこちらを振り向かない。数年前に患者を取り違えて手術するという事故があったが、顔を見ないのだから仕方がない。パソコンの中には、精密なデータがいっぱい詰まっているに違いないが、愁訴を持っている患者は目の前にいるのだ。今回も私という人格は、前立腺という器官に変身してしまったような錯覚に陥った。看護師も書類書きばかりしている。こうして書類に残していさえすれば、責任は残らないと思っているらしいが、いくら部分が完備しても、全体を見る目がなければ大事故は防げまい。

　事故を起こしたＪＲ西日本と同じだ、と思った。一秒も遅れず、一糸乱れずに動いているように見えるが、それは部分だけである。全体を見る目が欠如している。「現場監督がいりますね」と、見舞いに来た建築家が言った。全体を見回して、本当の問題の所在を発見し、直ちに対処する建築監督のような人がいなければ、欠陥建築になってしまう。ＪＲ事故を目のあたりにした私は、肌が寒くなった。

病院ってなに

前回に引き続いて、大学病院の悪口を書く。

ビアスの『悪魔の辞典』風にいえば、「病院とは患者を衰弱させ、病気を悪くし、死に近づけるところ」とでも定義できるような気がする。今回の入院で、それを痛感した。

何しろ入院すると、娑婆の空気から隔離されてしまう。見るのは病衣を着た患者と医療関係者だけだ。元気をくれる人もいないし、電子メールさえ受け取れない。

何よりも病院の都合だけが優先されて、患者の都合など考えない。たとえば、やっと仕事が終わって家族が面会に来てくれても、午後八時になると、無情にも帰れという院内放送が鳴り渡る。つかの間の愛する人との面会は、あわただしく中断される。

その後は九時に消灯、長い眠れぬ夜が始まる。やっとうとうとすると、血圧測定や検温で容赦なく起こされる。監獄と変わりない。

検査で忙しく飛び回る日があったと思えば、なすこと無しにベッドで無為に時を浪費する日もある。いつ退院になるかと訊《き》いても、教授が外国出張で分からないという。決して安くはない差額ベッドに入って、短期の計画さえ聞かされず待たされていると、だんだん病気が重くなる。

アメリカのマサチューセッツ総合病院や、ニューヨーク大学メディカルセンターなどは、二十四時間社会に開かれている。ＩＣＵ患者や伝染病の人を除けば、いつでも面会できるし、インターネットも無論自由だ。だから娑婆との接点が切れることはない。

それはボランティアなど、健常人がいっぱいいるからだ。その人たちを指導し、コーディネートするオフィシャルな組織があるから、患者を親身に世話し、かなり専門的な相談にまで乗る。患者は健康なボランティアに元気を貰《もら》っている。マニュアルどおりの看護師の仕事は、ボランティアにもできる。

社会も、ボランティアをするのは当たり前、しないと不審に思われるほどだから喜んでやる。三ドル程度のランチのチケットを貰うだけで、嬉々《きき》として困難な仕事をこなし、患者に元気を与えるボランティアを擁するアメリカと、隔離病棟みたいな日本ではどっちが幸福だろうか。

中学生に教える命の大切さ

一九五九年に医学部を卒業し、農村の小さな病院に赴任した。初めて受け持ったのは、中学を卒業したばかりの少年だった。重い腎臓病《じんぞうびょう》の末期で、あと数カ月の命であることを知って、私はショックを受けた。治らないと分かっていても、必死に戦っている小さな命が、私にはいとおしかった。彼は苦しみの中で懸命に生きようとしていた。それも限界となり、意識混濁に陥った。

そのころ可能だった最新の治療法は、大量の輸血で血液を入れ替えるという方法だった。やったことのない私は、大学の医局に電話をつなぎっぱなしにして事故に備えながら行った。千ccも輸血したころだろうか。少年が突然目を開いて「ああ先生」といってほほ笑んだ。私はそのときの感動を今でも忘れることができない。生きる力はまだ尽きていなかったのだ。

少年は苦しみながらも戦い続けたが、間もなく亡くなった。私は彼の残りの日々を一緒に大切に過ごした。この経験は、私のその後の人生に大きな勇気を与えてくれた。

私は二〇〇一年に脳梗塞で倒れ、重度の障害者になった。声を失った上、右半身は完全に麻痺し、食物さえ自分では摂《と》れない。時に死を願うことすらある。でも少年の、命との壮絶な戦いが、私にいつも生きることの大切さを思い出させてくれる。

日本の民主主義

秋の行楽シーズンになっても、私たち重度の障害があるものは外で楽しむことができない。行楽地へ行こうにも、車椅子で行けるところは少ないし、展覧会などは混雑している。買い物をするにも、並大抵の苦労ではない。若いころ暮らしたアメリカの町では、車椅子の人が自由に日差しを楽しんでいるのをよく見かけたのに、日本ではそんな風景をあまり見ない。

障害者になってみると、日本の民主主義の欠陥がよく分かる。多数の一般市民(マジョリティー)の利便は達成しても、障害者のようなマイノリティー(少数者)のことは考えてくれない。弱者は同情を買う存在として位置づけられ、対等の権利を主張する存在ではない。社会保障で生かしてはおくが、大手を振って社会を変革する市民とは認めていない。

その証拠に、バリアーフリーであるべき公共建造物でも、車椅子で入れるところは限られているし、障害者用のトイレも少ない。新幹線に乗っても通路は狭い。駅では人の助け無しには乗り降りもできない設計になっている。前もって電話して頼んでおかなければ利用できない。だからたとえ連休でも、障害者を見かけることは少ない。どこにでも車椅子で行ける欧米とは大違いだ。

これは障害者のためのインフラが充実していないなどといった末梢《まつしようてき》的な問題ではない。また鉄道や道路行政の不備といった問題でもない。大げさなようだが、日本の民主主義の根底にある問題なのである。

確かに最大多数の市民の最大幸福というのは、民主主義の根幹を成す原理である。でも公共の施設は、マジョリティーのためだけのものになってはいけない。少数の弱者の権利も大切にするのが、成熟した社会の民主主義である。マジョリティーの利便のためでなく、マイノリティーの権利を守る民主主義こそ真の民主主義なのだ。

残念ながら新幹線も、近代的街やビルも、マジョリティーには便利に作ってあっても、マイノリティーには、温かくない。これが日本の民主主義の現実である。

愛国心とはなにか

愛国心は自然発生的に生まれるものである。おそらくは、人の生来の帰属本能の現れであり、遠くはそんなDNAに起因する本能的なものであろう。でも、どの国に帰属するかは、もちろん生まれ育った環境によって決まる。

外国にいる日本人は、例外なく日本に対する愛国心を持っている。離れたところで自分を客観的に見る機会があると、愛国心が見えてくるからであろう。一世、二世の方たちは、熱烈な愛国者である場合が多い。戦争で祖国に裏切られたにも拘《かかわ》らずだ。三世、四世になると育った国への帰属心に変わる場合が多い。愛国心のDNAは、環境に適応して発現する。

愛国心の形成は、自国の伝統や歴史、文化に依存している。伝統や歴史を重んじる心、文化を尊ぶ心さえあれば、必ず愛国心は発現される。優れた科学者、芸術家は国を愛する心を持つ。キューリー夫人、ショパンなどの、祖国ポーランドへの帰属意識はいうまでもない例である。それは彼らの成果が、自国の文化に帰属するという心を持っているからだ。

だから愛国心は、ほうっておいても育つ。伝統や歴史、自国の文化を愛する環境が培養器になるのだ。

愛国心の教育など百害あって一利無しだろう。愛国心教育というと、必ず戦前と同じくナショナリズムに陥ることは目に見えている。戦争を知っている世代の人は、こういう教育の恐ろしさに懲りているはずだ。

もしこのごろの若者に愛国心が欠如しているというのなら、愛すべき日本の伝統や文化が失われている証拠ではないかと疑うべきである。それこそ大人たちが、反省すべき点である。愛国心教育より、日本文化の立て直しのほうが大切である。

その一つである地方文化が、無分別な市町村合併で崩れ去ろうとしている。大切な歴史的名称も失われてしまった。帰属意識の大きなよりどころが失われているのだ。地方都市の特性がなくなれば、愛郷心などない、はぐれものの世界になる。それがもう始まっている。愛国心など生まれる余地がない。

本当に国を愛する心は、自国の文化を享受し、生まれた町や村を懐かしみ、国の歴史を客観的に見ることから、自然発生的に生まれる。そのとき自国が果たした歴史上の役割、他国に与えた痛みまで知ることによって、自国のアイデンティティーに対する帰属心が確立され、初めて健全な愛国心が生まれるのである。

国を愛する心は、愛国心の押し付け教育によっては育たない。愛国心教育の議論は、戦前のナショナリズム教育賛美に陥ることにならぬよう留意すべきだと思う。愛国心のＤＮＡが、健全に発現する文化的環境を作ることのほうが大切である。いまの教育改革などで、作られるものではない。

皇室

皇室は日本文化の祭祀者《さいししゃ》、日本伝統の宗家として、今も重要な位置を占めている。起源に疑義をさしはさむなどつまらぬことだ。すでに千五百年もの長きにわたって続いてきたのだから、疑っても意味がない。まず稀有《けう》な伝統文化の枠として認めるべきである。皇室の果たした日本の文化、伝統における役割はもはや動かし難い。

では祭祀者として、どんなことをしているだろうか。日本の文化の奥深く流れるアニミズム、エコロジーの思想に、皇室は重要な役割を果たして来た。私のように信仰がないものにとっても、もともとこの国にあった自然への畏敬《いけい》、崇拝の姿は、尊いものとして映る。本居宣長《もとおりのりなが》や南方熊楠《みなかたくまぐす》に見られる皇室への崇敬は、このエコロジー、アニミズムにおける役割からきている。今でも植樹祭を含む自然保護は、皇室の重要な仕事となっている。

「祭るにますが如《ごと》く」といわれる日本の神々のように、天皇の祭祀者としての意味を認め敬うのは自然なことと思える。また「なにごとのおわしますかは知らねども、かたじけなさに涙こぼるる」というのは、日本人特有の自然な宗教感覚である。有神論者、無神論者にかかわらず、神秘的なものに「かたじけなさ」を感じる心である。この考え方は、故白洲正子さんに教えられた。

天皇は、神秘に満ちたさまざまな儀式を日ごと行っているらしい。「まつりごと」といわれる行事は、今も続いている。それが現代の常識から、妥当であるかどうかを問うのは的外れだ。伊勢《いせ》の式年遷宮行事をはじめとする皇室が関与する秘儀によって、天皇はこの国の文化の祭祀者としての役割を果たす。

どこの国の文化も、最奥のところではその民族の信仰に根ざしている。それは体質のように変えることができない国民意識である。仏教、キリスト教と、その時々にドミナントに現れる表面の宗教は変わっても、祭祀に守られた潜在的な国民感情は変わらない。

大内山の奥深く行われている、秘儀の詳細についてはうかがい知ることはできない。即位の儀式で垣間見《かいまみ》たような、秘密に満ちた一子相伝の秘儀を、天皇は祭祀者として黙々と行っているらしい。

このことは、もうひとつの天皇の側面、伝統文化の宗家としての天皇の役割に通ずる。しっかりした宗家がいて、変わらないルールがあれば、伝統文化の継承は安心できるはずである。例を挙げるまでもなく、これだけ有形無形の制約に縛られた宗家制度はない。宮廷舞楽の比較的原型を残した伝承も、皇室が存続したからなしえたものである。故高円宮《たかまどのみや》の示された古典芸能の保護への関心など忘れがたい。

幸いにして、また必然的かもしれないが、日本の皇室にはスキャンダルがない。宗家としての道徳的規範がしっかりとしているからだ。エレガンスが求められるのも、宗家の宿命である。

明治時代に定められた、皇室典範などにとらわれる必要はない。女帝を禁じたり、天皇を大元帥として、三軍の長にする愚はもう沢山だ。長い歴史を生き延びてきた、宗家としての伝承やしきたりのほうが、政治的配慮によるにわか作りの法律よりうまくいくに決まっている。

政治や権力からやっと自由になった皇室が、本来的な意味で日本文化へ果たす役割がはっきりとしてきた。それを通して、日本国民の統合の意識が高められるとすれば、歓迎すべきである。こういうものがあるというだけで、民族の心が豊かになるではないか。

祭るにますが如く

神も仏も信じなかった森鷗外《もりおうがい》が、同じく無神論者の孔子《こうし》の言葉を引いて、「祭るにますが如く」といったのを思い出す。「祭る」は「祀《まつ》る」のこと、「ます」は「在《いま》す」のことである。蔵書を寄贈してしまい調べられないが、意味は、神の祀ってあるところは神が在すように崇《あが》めなさいということであろう。科学者鷗外の宗教観を暗示する言葉だと、感心して覚えている。

神を祀るところには神が宿る。四本の青竹で囲った庭にも、しめ縄を張った竈《かまど》にも、日本人の神は宿る。こういう信仰の形を持った日本人は寛容な国民だ。

私は科学を業とするものとして迷信などは信じないが、神仏を尊崇する心はある。神社に行けば柏手《かしわで》を打って拝礼するし、仏閣では香を手向《たむ》けて祈る。キリスト教会でもイスラムのモスクでも、ひざまずいて礼拝する。死者には、心をこめて悼《いた》み祈る。ましてや戦いの犠牲者には、深い鎮魂と哀悼の念を示す。解決できない困難や、どうしようもない運命にぶつかったときは、一心不乱に祈る。イラク戦争や、パレスチナの戦いの行方にも、私にできることはただ祈ることだった。誰とも知れぬ神に向かって、何者とも知れぬ霊に対して、ただひたすら祈る。

しかし、信仰が政治に利用されることの恐ろしさも知っている。ついには戦争やテロ行為にまで広がる不寛容さは、本来の宗教にはない。また、他人の信仰に、政治的に容喙《ようかい》するのも見苦しい。中東やインド北部の紛争は、これに起因している。信仰は厳密な意味で、個人的なものである。「祭るにますが如く」個人で参拝するには何の問題もないが、総理の靖国《やすくに》参拝には、個人の宗教行為を超えた政治的なにおいが全くないと断言できるだろうか。ナショナリズムを、政治的に誇示しようとしているのが見え見えではないか。それを敏感にかぎつけて、戦争で苦しんだアジアの国々は、拒否反応を示したのではないか。

戦後初めての少年

横浜に住んでいるシイナ君から久しぶりに手紙が来た。シイナ君と私は、終戦直後の昭和二十二年ごろ、茨城県の小さな田舎町にあった旧制県立水海道《みつかいどう》中学校の同級生だった。翌年には、学制改革で、学校は新制高等学校となり、私たちは付設中学の生徒となった。

私たちは三年生まで下級生というものがなく、次の年は自動的に新制高校の一年生に編入された。だから卒業したときは入学した県立中学はなかった。

私たちは不思議な混成学級だった。というのは、私のような田舎の子と、シイナ君のような都会から疎開してきた子が混じっていたからである。一見してわかるほどその差は明瞭《めいりょう》だった。でもそれが差別やいじめにつながることはなかった。茨城弁と東京語と、二種類の言葉が共通に使われていた。同時に田舎の文化と都会の文化が交流する場であった。

生徒たちばかりではない。先生たちも、戦争で大学を離れていた若いモダンな学者や、旧制中学のころの博物学や漢文のいかめしい教諭がいた。そこで私たちはようやくこの国に根ざし始めた、自由な空気を胸いっぱい吸って学び育った。

シイナ君の手紙は私からの近況報告を受けて、こんな言葉から始まった。

「ほんとに手紙ありがとう。涙がこぼれそうになりました。確かに君の言うように、私にとっても水海道が人格形成の原点です。

今も楽しみとしている音楽・文学など全てが、その時期が源ですから……。君の下宿で聴いた君の叔父さんのレコード。ゲルハルト・ヒュッシュの『冬の旅』、エーリッヒ・クライバーの『田園』の延長線上に今の僕があるのです。

そう、君と授業中に『チャタレイ夫人の恋人』を回し読みしたことや、太宰治《だざいおさむ》の本に触れさせてもらったことが、僕の知的な関心を育ててくれたのです。疎開もなく君と会わなかったら、どんな人生を送っていたのだろうかと振り返るとき、君との出会いに感謝しているしだいです」

読んでいるうちに、私の眼前には十三歳の少年時代の風景がパッと広がり、胸が熱くなった。そうだ。そんなこともあったのだ。バリトン歌手のゲルハルト・ヒュッシュもチャタレイ夫人も、あのころに経験した。それまで戦争のカーキ色に染まった幼年時代を送ってきた私たちにとって、この中学に入ってから知ったことは、すべて別世界だった。

私たち、というのは昭和八年から九年生まれの世代だが、ひょっとするとそれは戦後初めての少年だったのではないだろうか。少年なんてその前にもいたといわれるだろうが、私たちの前には軍国少年とか、愛国少年とか、何か形容詞が影のようにつきまとった少年がいた。少年というには影のほうが強すぎる、予科練くずれとか士官学校帰りなど、戦争の匂《にお》いのくすぶったまるで違った人種が上級生にはいた。

そんな戦争の匂いは私たちにはもうなかった。混乱はまだあったが、自由というものをしっかりと手にしていた。どこの国の少年とも同じように、何にでも興味を持ち、ためらいはなかった。

私たちは荒れた野山を駆け巡り、食糧難にあえぎながらも、精いっぱい背伸びをして知識をむさぼった。きっとあれが戦後初めて、少年らしい少年だったに違いない。世の中は貧しかったが、今よりずっと豊かな少年時代を私たちは送った。食糧難でひもじかったし、巷《ちまた》には闇市《やみいち》、アメリカの進駐軍も跋扈《ばっこ》している時代だった。

あれからシイナ君たち、疎開していた少年は都会に帰り、田舎にはまた退屈な時間が戻ってきた。でもいったん知ってしまった田舎にはない世界は、ずっと私たちの背中にくっついてきた。私は音楽に熱中し、ピアノやクラリネットを一人で習った。油絵をへたくそながら描《か》いたし、本気で詩人になろうと詩作に専念した。

シイナ君は東京工大に進み一流会社に就職した。同級の疎開少年には、東大を出て外交官になったのや、夭折《ようせつ》した画家や詩人もいた。田舎に残された少年の中にも、大学教授や画家が育った。実業家として成功した者もいる。

それぞれがこの五十年余を存分に駆け抜けた。いわゆる変革期の中心にいた人物だったし、経済成長を成し遂げた戦士でもあった。シイナ君もその一人だった。そのエネルギーのもとはあのころの経験である。

戦後初めての少年たちは今七十歳になろうとしている。その前後の、どの世代にもまして、それぞれに少年時代の思い出を懐かしんでいる。その後に遅れてやってきた、もっと屈託のない、いわゆる戦後派世代とも違っている。屈折はしていたが、初めて自由を手にした者であったことに初めて気づいた。それは私たちの原点であったと同時に、戦後日本の原点でもあったのである。

見者《ヴオワイアン》の見たもの

見者《ヴオワイアン》というのは、フランスの詩人アルチュール・ランボーが使った言葉で、文字通り「見る者」、「見通す人」という意味である。物事の本質、真の美を直感的に見通す人を言う。

そのランボーの翻訳者であり、日本の近代批評を確立した小林秀雄《こばやしひでお》の生誕百年を記念して、彼の著作の全集が刊行され、彼が生前愛した美術品を一堂に集めた大掛かりな展覧会も開かれようとしている。

小林自身も、見者《ヴオワイアン》の名に恥じない美の殉教者であった。彼の骨董《こっとう》好きは有名だが、骨董を見極めることはたやすいことではない。小林は徹底的に自分の眼を信じることを信条とした。それはある意味で危険なことであった。独善的になったり、贋物《にせもの》を摑《つか》まされることもある。彼は本物を見極めるために苦しい試練に耐えた。

その結果、彼の透徹した眼は、文学でも美術でも、美しいものを直感的に見抜く見者《ヴォワイアン》の視力を獲得した。それにパスしたものだけが、この展覧会（「小林秀雄　美を求める心」展）に出品されていると考えていい。見者《ヴォワイアン》の見たものを眺めるいい機会である。

小林は西洋文学の深い素養の上に、日本文化を眺めた。見者《ヴォワイアン》にとっては、日本も西洋も同じ眼で見る対象でしかない。だから信楽《しがらき》の壺《つぼ》もドガのデッサンも、同じ次元のものであった。彼の興味は、日本の埴輪《はにわ》から西洋の近代美術に及んだ。私たちは小林の目を通して、これらの本物の美を見る。

戦後の日本で、自信を持って日本の美をわれわれに教えた功績も見逃せない。『無常といふ事』に代表される日本の美の姿に対する洞察は、われわれに日本の伝統の力と意味を教えた。彼の美術に対する評価は、若い頃《ころ》から親しんだ陶磁器や水墨画に対する愛着に裏打ちされ、その延長の上に梅原龍三郎《うめはらりゅうざぶろう》や中川一政《なかがわかずまさ》を位置づけた。見逃してならないのは、その同じ平面にゴッホやルオーもいることだ。

彼の有名な言葉に、「美しい『花』がある、『花』の美しさといふ様なものはない」というのがある。彼は観念的に美術品を鑑賞するのを嫌い、ただ見て発見すればいいという態度を一生持ち続けた。

故人が生前愛蔵した美術品を網羅し、末期の一瞬まで見つめ続けたというセザンヌの絵まで集めたこの展覧会は、見者《ヴォワイアン》がどのような眼で美を見ていたのかを知る良い機会である。同時に近代文芸批評の裏側にあった美意識が、どのように培われたかを知ることができる。小林の目玉を借りて、本物がどこにあるかを見てほしい。

美を求める心

戦争、無差別テロ、伝染病、環境汚染など、現代は不安と不確実性に満ちた時代である。それを乗り切り、変わらぬものにいたる指針は、どこに求めたらいいのだろうか。

真に変わらぬものの一つに、「美」がある。でもこんな不確実な時代に、美とは何かという問いに、真正面から取り組む手がかりなどあるのだろうか。小林秀雄をいま読む意味は、真に変わらぬもの、常なるものを手元に取り戻すヒントが含まれているからである。

CD『小林秀雄エッセイ集』（キングレコード）に収録されている短いエッセイや講演の記録は、小林秀雄の成熟期から後期にかけての作品である。いずれも彼の批評美学の完成期の思想が反映している。彼ほど率直に「美」について語った人はいない。彼の「美」についての評論は単なる芸術論ではなく、人生論としても読むことができよう。

小林秀雄は、言うまでもなく文芸批評を思想にまで高めた、「批評の神様」である。彼の興味は文学作品にとどまらず、音楽、絵画、骨董、そして芸術一般に及んだ。このエッセイ集は、期せずして芸術、人生への案内書となっている。

小林の芸術を見る態度はいつも変わらない。彼は、美しいものを観《み》たり、聴いたり、読んだりする際には、まず謙虚に対象のなかに入り込む努力をしなければならぬ、解釈とか意味とかは不要であることを強調した。当たり前のことに見えるが、それは難しいことだ。

『美を求める心』では、そのやり方を分かりやすく説いている。まず美しいという実体験を言葉に置き換えて解釈しようとする愚を否定し、知識や学問とは違って、正直な感受性を見失ってはならないと警告する。それは芸術だけではなく、ものの美しい姿、人間の優しさ、美しい心を感じ取る人間性にも共通する態度である。

彼にとって「知る」ことは、たんに情報を集めることではなかった。信じるまで知ってこそ、生きた知識になるのだという小林の信念が、ここでも全編に流れているのが分かるだろう。

『當麻《たえま》』、『無常といふ事』は、日本の古典に対する一連のエッセイに含まれる。『當麻』では、能の名手梅若万三郎《うめわかまんざぶろう》の舞う『當麻』という能を観た体験が印象深く語られている。名人の舞う「中将姫《ちゅうじょうひめ》」の聖なる美しさに圧倒されている自分に、『當麻』の作者世阿弥の、「花」の観念（世阿弥にとっては、〝花〟は疑いもない〝美しいもの〟に過ぎないのだが、後世いろいろな解釈ができた）を重ねて合わせて、「美しい『花』がある、『花』の美しさという様なものはない」という、小林の想念が語られる。それは前に述べた、率直に感じることがすべてだという、彼の不動の美を求める心と通じる。「ああ、去年《こぞ》の雪何処《いづこ》に在りや」という美しいリフレーンで終わるこの短文は、批評を文学作品に高めた小林の真骨頂《しんこっちょう》を示している。

『無常といふ事』では、鎌倉時代の短文集『一言芳談抄《いちごんほうだんしょう》』の一文を読んだ感動を思い描きながら、自分の実体験として思い出される動かしがたい時間こそ、歴史を知るということに通ずると説く。それは彼の晩年の大作『本居宣長』へと通ずる思想である。

『一言芳談抄』が書かれた中世は、飢饉《ききん》、伝染病、戦乱、犯罪が絶え間なかった。

不確実という点では現代に似ている。死は日常茶飯事で、地獄も浄土も、身近にそこにあった。それを醒《さ》めた目で眺め、たどり着いた想念が無常観だった。いまわれわれが感じている不安、不確実性は、中世にあった無常と通じている。だが現代では、無常などといって心を澄ますことはできない。動物的にただ不安がっているばかりだ。それは常なるものを見失っているからであると小林は指摘する。常なるものがなければ、無常と見ることもできまい。小林はそこを突いている。

歴史には死者がまぎれもなく生きている。能の「中将姫」の霊と同様に美しい姿で現れる。『無常といふ事』には、歴史を先入観など捨てて思い出すことが、常なるものを回復するために肝要な態度であることが強調される。また「解釈を拒絶して動じないものだけが美しい」と、「美を求める心」につながる思想が、すでに述べられているのも注目される。

『生と死』は最晩年の講演の記録である。志賀直哉《しがなおや》や獅子文六《ししぶんろく》の死に言及しながら、さりげなく小林の透徹した死生観が述べられている。他の二篇の小品とともに、彼の繊細で強靭《きょうじん》な精神世界を映している。

小林の文章は難しいといわれているが、決してそんなことはない。ただ小林自身の文体の美しさに、謙虚に耳を傾ければよいのだ。大学の入試問題を読み解くような回りくどいことはしないでいい。

彼は決して空言《そらごと》など言わない。いつも自分の強い肉声で語っているから、信頼が置けるのだ。それは初期の作品から晩年の『本居宣長』にいたるまで変わらなかった。いま何もかもが不確実な世界だからこそ、彼の言葉は私たちに常なるものを求める、確固とした指針として光を増しているのである。

中也の死者の目

『在りし日の歌』は中原中也《なかはらちゆうや》が死ぬ三週間前に小林秀雄に託した詩稿を、死後刊行したものである。詩稿には目次や後書きまで付され、最後まで中原が手を入れていたふしがある。

それにしても、「在りし日」とは誰の在りし日なのであろうか。中也自身の在りし日か、それとも前年に死別した愛児、文也《ふみや》の在りし日か、あるいは単に過ぎ去った日のことをさしているのだろうか。諸説あるがわかってはいない。

私は少し違った見方をしている。私はたとえば、能の『定家《ていか》』の中で、蔦葛《つたかずら》に這《は》い纏《まと》われた墓石の下からこの世を回想する式子内親王《しよくしないしんのう》が、「ありし雲井の花の袖《そで》、昔を今に返《かへ》すなる、其舞姫《そのまひびめ》の小忌衣《をみごろも》」と謡《うた》う、あの「在りし日」なのではないかと思う。能では、「在りし昔」の事件を死者が今のように語るのは常套手段《じようとうしゆだん》である。

生前の出来事を、現実のこととして懐かしむという、死者の特権を劇にしたのが能であるとさえいっていい。この死者の目が、生きた中原に、すでに芽生えていたのではないかと思うのだ。

だから、小林秀雄の言うような「『在りし日』にきっぱり別れを告げる決心……」（「中原の遺稿」）というのは当たらないと思う。むしろいまという時が、「在りし日」という死者の時間に限りなく同化してゆくのだ。中原は、生きながら死者の目で現実を見据えていたのだ。

ホラホラ、これが僕の骨だ、
生きてゐた時の苦労にみちた
あのけがらはしい肉を破つて、
しらじらと雨に洗はれ、
ヌツクと出た、骨の尖《さき》。

に始まる「骨」という詩に、それは端的に現れている。小林はこの詩を「自分の死に顔がわかって了《しま》った男の詩」(「死んだ中原」)と評している。

そうだ。そう思うと、いくつかの疑問が氷解する。この時期の中原は、もう生きてはいなかったのだ。死んだ愛児とともに、死者の世界に遊んでいたのだ。

あれはとほいい処《とこ》にあるのだけれど
おれは此処《ここ》で待つてゐなくてはならない
此処は空気もかすかで蒼《あを》く
葱《ねぎ》の根のやうに仄《ほの》かに淡《あは》い(「言葉なき歌」抜粋)

のような、白々とした実在感の希薄な世界にいた。そこにはもう、かつての中原が得意とした、生きていることを自嘲《じちよう》した、ラフォルグ風の嘆き節の面影はない。

そんな「とほいい」ところから、中原は語りかける。それは生者にとっては、在りし昔のメルヘンにも似た、透明なエーテルに包まれた原初の記憶にも思える。たとえば、「月夜の浜辺」の一節である。

月夜の晩に、ボタンが一つ
波打際に、落ちてゐた。

に始まるこの詩の心象風景が、中原の心に広がる「在りし昔」だったのだ。
また「夏の夜の博覧会はかなしからずや」(未発表詩篇)ではこう歌っている。

夕空は、紺青《こんじやう》の色なりき
燈光は、貝釦《かひボタン》の色なりき

その時よ、坊や見てありぬ
その時よ、めぐる釦を

この中也の悲哀には、児《こ》を連れた夫婦の生きた団欒《だんらん》などはない。あるのは死の世界からこの世を眺め返した、中也の蒼白《そうはく》なまなざしである。古びたモノクロの写真のように。その情景は、しかし、たとえようもなく冷たい死の風景へとつながっている。

長門峡に、水は流れてありにけり。
寒い寒い日なりき。(「冬の長門峡」抜粋)

という文字通りの死の風景である。そこには「在りし日」を見返す力さえ失った中原自身の姿が、重い波に洗われるように点描されているだけだ。
そしてついに、死は彼の全存在を凌駕《りようが》してしまう。「春日狂想」で、中也は死と一体となる。

喜び過ぎず悲しみ過ぎず、
テムポ正しく、握手をしませう。

つまり、我等に欠けてるものは、
実直なんぞと、心得まして。

ハイ、ではみなさん、ハイ、御一緒に——

テムポ正しく、握手をしませう。

そして中原は、角を曲がって本当に死の世界に行ってしまった。もうこちらを振り返ることもなく。

新田嘉一さんの美意識

四月に酒田《さかた》を訪れ、実業家の新田嘉一《にったかいち》さんの実家で念願のコレクションの一部を拝見する機会を持った。その足で金沢に行ったのが、この世との最初のお別れになってしまった。金沢の地で、致命的な脳梗塞の発作に見舞われたのだ。まったく予期せぬことだった。二〇〇一年の五月のことである。

死線をさまよった後かろうじて生き延びたが、重度の障害者となって新しい生を受けることになった。私はそこで、自分は一旦《いったん》死んだものと思っている。

そのせいか、前世で最後に見た新田さんのお持ちだった絵の印象は強烈だった。このとき見たのは現代中国絵画、ことに黄胄《こうちゅう》の絵だった。筆勢鋭く描いた、青いスカーフのシルクロードの女や、市の人たちと動物など、新生中国の希望に満《み》ち溢《あふ》れた作品だった。必ずしも美しい絵というわけではないが、私はこの画家の描こうとした真実に心打たれた。今でもありありと目に蘇《よみがえ》る。

帰りしなに新田さんは、無造作に一幅《いっぷく》の軸を下さった。それから二日目の大発作による緊急入院であった。死線をさまよいながら、その軸を病室の壁にかけてもらい眺め続けた。雪の積もった、中国の寺院の丸い塔を描いた水墨画だった。あの世の風景のように、しんと静まり返ったこの絵を眺めながら、幾日も死後の世界ばかり思っていた。

だからこの絵を、回復した後の今でも直視することはできない。でも、この経験のおかげで、私と新田さんの間には生死を超えた不思議なつながりが生まれたように思う。

そもそも私が庄内《しょうない》に足しげく通うようになった理由のひとつは、黒川能《くろかわのう》の存在である。東京の五流の能にはない、こぶしで打ち固めたように強力な農民の伝統芸能に惹《ひ》かれ、毎年のように黒川に通う人も少なくない。黒川能の力を、早くから発見した芸術家の一人に森田茂《もりたしげる》画伯がいる。

その森田画伯の絵を集めている人がいると聞いたのは、雪の中で行われた王祇祭《おうぎさい》の時だった。私は森田画伯とは同郷で、森田氏が茨城県の下館《しもだて》の生まれであるのに、私は隣町の結城《ゆうき》の出身である。その上、実家は縁続きにあたる。私はお目にかかったことはないが、私の父などは、子供のころ森田画伯の家によく遊びにいったそうである。

重厚な筆致で描かれた風景画は何度か美術展で見ているが、黒川能は森田画伯の目にどう映っただろうか。私はぜひ見てみたかった。酒田に住む友人、水戸部浩子《みとべひろこ》さんを介して、新田さんに見せて貰《もら》うように頼んだ。水戸部さんとは二十年来の付き合いで、新田さんのことも彼女からしばしば聞いていた。

ほかにも新田さんにお会いしたかったもうひとつの理由がある。これも水戸部さんからの情報で、新田さんが台湾から持ち帰ったという桃園豚を見たかったのである。

桃園豚は中国で何百年もかけて育種した究極の豚である。解放軍に敗れた蔣介《しょうかい》石《せき》が、台湾まで持ってわたったといういわくつきの豚である。

桃園豚は飼育が困難で、絶滅の危機にあった。もはや中国本土にも台湾にも種が尽きて、平田牧場だけが細々と受け継いでいる貴重な品種である。その味といったら、到底並の黒豚などとは比較にならない。こちらも芸術品だ。

新田さんは希少豚の絶えるのを恐れて日本に持ち帰り、交雑を加えてかろうじてその五百年の味を維持している。中国人があきらめたのを、新田さんの執念が守ったのである。庄内人の粘りが、中国人に勝ったのである。

ある年の夏、初めて新田さんにお目にかかった。新田さんは、うわさにたがわず無口で頑固そうな、含羞《がんしゆう》に満ちた庄内の男だった。しかし、一目でものを見通すような眼光の気迫は、並ではなかった。強い破壊力を秘めた、不発弾を見てしまったような気がした。

桃園豚もそのとき見せてもらった。まるで現代を風刺しているような、時代離れした桃園豚の姿は、中国の悠久の大地から迷い出た怪物のような迫力を持っていた。新田さんはこの黒い怪物の育成に心魂を傾けているのだと、私は改めて感心した。

森田画伯の黒川能の絵と対面したのはずっと後のことだった。開館前の酒田市美術館で、その絵を前に私の足は釘付《くぎづ》けになった。文殊菩薩《もんじゆぼさつ》の清涼山に棲《す》むという霊《れい》獣獅子《じゆうじし》を描いた『石橋《しやつきよう》』という作品だった。

東京での現行五流の、牡丹《ぼたん》の花房に舞い戯れる獅子を描いた『石橋』とはどう見ても違う。むしろ土俗の鬼のようにおどろしく飛び跳ねていた。それも、画面いっぱいに重い真紅の唐織《からおり》を跳ね上げ、赤頭を振り立てて乱舞していた。明らかに東京の能にはない、黒川能の獅子であった。

荒々しいタッチのように見えるが、実際には動いている唐織の絹の繊維の、一本一本の光まで丹念に塗り重ねたような繊細さがある。むしろ、絵の具を使った光の彫刻のようだった。

平家《へいけ》の武将知盛《とももり》の怨霊《おんりょう》を描いた、黒川能の『船弁慶《ふなべんけい》』でもそうだ。暗い影となった知盛の霊の背後に、土俗の怨念《おんねん》が水となって画面いっぱいに噴出している。上品な能画などとは似ても似つかない迫力だ。これが本当の黒川能なんだと、私はあの雪の中の王祇祭の興奮を思い出した。農民が時の権力者とは別の美意識で、創造し伝承してきた黒川能にこめた気迫を、森田画伯ががっしと両腕で受け止めたのだ。そうか、これが新田さんを動かしたのだろうと私は納得した。

私は、新田さんを個人的にはほとんど知らない。しかし新田さんの事業のやり方にも、美術品に接する仕方にも、共通の感覚があるように思う。

新田さんには、庄内の風土の持つ荒々しさと繊細さがある。横から殴りつけるような地吹雪の冬。その中でひそかにはぐくまれる生命力。それが噴出する庄内の春。

それを体で知っているものには、生易しい美しさではすむはずがない。荒々しい生命力の噴出がなければ満足することはできない。絵の値段にこだわる画商や、単なる美しい絵を集めたがるコレクターとは、そこで一線を画する。

新田さんの収集には、そうした彼の持つ独特の美学が色濃く浮き出ている。庄内の風土にある強さと繊細さの現れ、いわば土と風の美学である。

森田画伯が黒川能に発見した力は、農民が何世紀も誇りを持ってはぐくんだ土の力であろう。そこには、大地の底深く流れているマグマのような力がこめられている。彼の風景には、風の中に光る生命の噴出がある。新田さんは、その力に魅せられたのではないだろうか。

それは時をまたいで追求されたものに宿る土の力でもある。歴史の激動の風を潜り抜けて、鋭く現代に人間性を問いかけている現代中国の画家、黄冑。中国の土と風が力強く描かれている。その気魄《きはく》も、新田さんの美意識に響きあった。表面のきれいさではなく、ひたすら真実のみを追い求め、それを一気に筆に任せた黄画伯の現代性。そこでは、一見醜悪に見えるものも美になる。桃園豚にもそれがある。

新田さんの美意識は、表面だけの美を排し、心の奥深いところを流れる、人間の生命力の衝動に価値を見出《みいだ》しているように見える。人間存在の奥底に潜む土と風の生命力は、美醜を乗り越えた真実となる。それが、コレクションを支える新田さんの美意識となっているのであろう。

暮らす

アレハンドロ参上

「僕の名はアレックス、先生覚えてますか。二十年前にチリのサンチャゴで会った。それから一緒にバルパライソに行ったでしょう。今日本に来ています。会いたいです」。突然のメールだった。アレックスはアレハンドロの略名。私は、瞬時に南米チリの劇的な出会いを想い出した。

私は南米の免疫学会に招かれ、初めてチリの首都サンチャゴを訪れた。西も東も分からない町で、途方にくれていると、「学会から日本からの学者が来たと聞いて、何かお役に立つことはないかと思って、来てみました」と、たどたどしい日本語で話しかけてきた。年齢は二十四、五、質素な身なりの大柄な青年だった。

近くの港町に生まれ、子供のころ日本の貿易船の船員から週刊誌をもらい、自分で五十音表を作って独学で日本語をマスターした。今は大学で日本語を教えている。私との会話は日本語を磨くいい機会になる。

それから何日かアレックスについて、首都の市場や、チリの詩人、パブロ・ネルーダの家にも案内してもらった。その道々、アレックスは、彼の不思議な経歴を語った。

彼は止《や》みがたい憧れで、日本に留学した。外語大に学ぶ傍ら、生活のために淡路《あわじ》島《しま》で肉体労働者をしたり、韓国のお寺で仏教の修行もした。ひもじさに耐えながらの、異国の文化に触れた日々を熱っぽく語った。

あれから二十年、もう会えないと思っていたのに、日本語の研修で埼玉の語学研修所に来ている。たった一月の滞在だと言う。早速道順を教えて我が家に来てもらうことにした。

二十年ぶりのアレックスは、頭を丸刈りにした大入道の古武士のような姿を現した。もう四十は過ぎているはずだ。私は言語障害を持っているので、自由には話せない。彼の英語交じりの二十年の生活の話は心に響いた。日本語を教えて、大学の准教授にもなった。生活は貧しいが、今では『万葉集』まで読めるようになった。熱っぽく日本への思いを語るチリの侍に、私の心も熱くなった。

声を出して読むこと

一昨年（二〇〇一年）脳梗塞になってから、めっきり読書力が落ちた。それは理解力の減退という問題もあるが、左手だけしか使えないので、本を持ってページをめくることができないというもう一つの原因が重なったからだ。嘘だと思ったら、片手だけで新聞を読んで御覧なさい。

必要なときは家人に読んでもらう。頭に入れるにはこれが最も速い。といっても自分で音読することもできない。重度の構音障害で言葉が話せないからである。

それで思いついたことがある。江戸時代の子供の教育には、『論語』を音読させた。分からぬままに音で覚えさせた。意味は後から知れば良い。音読は一番よい読書法だった。もうそれも出来ない。

同じことは江戸時代の謡曲ブームにも言える。節をつけて、謡曲を暗記するのは武士のたしなみであった。どんなに方言がきつくても、謡曲の言葉なら通じたという。参勤交代で日本国中の侍が集まった江戸城で謡《うたい》の言葉が飛び交った。謡曲を習うことは、当時の武士階級の必須《ひっす》の教養であった。町人もこれに倣《なら》った。難しい大和《やまと》ことばや漢語を連ねた謡曲の文章を、当時の人が全部理解していたとは思えない。教養とは、今それが役に立たなくても、いつか役に立つように蓄積するものなのだ。

実は今でも意味のよく分からぬ、謎《なぞ》の文章がある。たとえば能『天鼓《てんこ》』の中に、「人間の水は南、星は北に拱《たんだ》くの、天《あま》の海面《うみづら》雲の浪《なみ》、立添《たちそ》ふや呂水《ろすい》の堤の、……」という文章がある。「人間の水」とはいったい何だろうか。星がなぜ北に拱くのだろうか。それがどういう意味なのか、謡っていても分からない。でも調子が良いから「人間の水は南……」と気持ちよく謡っている。

それに疑問を持ったのは、ドイツ文学者の高橋義孝《たかはしよしたか》氏である。今手元に資料がないので不確かだが、夜半になると、北極星に向かって星々がひれ伏しているように、人間は皇帝のいる南に向かって、水の低きにつくがごとく従っているという意味だそうだ。

謡っていては分からないが、能を観ながらそんなことを考えるのも、能の魅力のひとつになっている。能楽堂は考える空間である。それは謡曲という声を出して読む文学のせいであると思う。

謡曲は節がついているから、簡単に暗記できる。脳梗塞の発作直後に、自分の記憶が健在かどうか不安だったときも、謡曲を覚えているかどうかでテストした。

声を出して読むと、日本語の美しさや、語法の大切さが実感される。たとえば、能『自然居士《じねんこじ》』の今は謡われない部分にある「花洛《くわらく》の塵《ちり》に交わり、かくかの波に裳《も》裾《すそ》を濡《ぬ》らし、万民《ばんみん》に面《をもて》をさらすも恨みならず」というKの音とMの音を連ねた美しい詩は、音読してみたときはじめて分かる。まして謡ってみれば、この能を観阿弥が書いたときの心のリズムまで、再体験できるはずだ。

舞台を見ていても、お能の台詞《せりふ》をくまなく覚えているわけではないが、部分的には謡いどころ、聞かせどころは覚えている。能は動きが少ないから、舞台を見ながらいつも何か考えている。謡曲の文句を考えながら見ていると、さっきの「人間の水は南」のような発見がある。お能は、舞台ではいろいろやってはくれないから、かえって考える空間になるのだ。

読むこと、そして声を出して読むことは、人生の新しい経験になる。読書は経験だが、音読はもっと強力な経験として大脳皮質に蓄積される。寺子屋に学んだ子供が、一生『論語』を忘れずに人生の糧とするのは、その良い例である。

音読が記憶を深めるのは、大脳生理学的にも理由のあることである。視覚野からの文字情報が、聴覚野からの音声情報と一緒になって言語野で処理される。このように二つの刺激が同時に入ることで、情報認識のコンテキストがより明確に形成されるからだ。

詩が日本で貧困なのは、音読する習慣がないのも一因だと思う。イランやトルコでも、インドやアフリカの国々でも、何かあると必ず詩を歌うように読む。その国の言葉が、生き生きしていない国は、文化もやせ細る。

最近、私の周囲でも、詩の朗読会が開かれるようになった。やはり、音読の伝統のあるお能のワキ方が朗読の中心になり、能管や大鼓、ベースや民族楽器が加わる試演会である。私の詩も読んでくれるというので、楽しみにしている。これもひとつの言葉の文化を模索する試みであろう。

自然災害と人間の行動様式

今年(二〇〇五年)日本は、台風十一号に続いて十四号の直撃を受けた。広い範囲で災害を蒙《こうむ》り、二十六人もの犠牲者を出した。年々台風が大型化したのは、元はといえば地球温暖化によって、南太平洋の上昇気流が、大きなエネルギーを溜《た》め込み、大型の台風となるかららしい。

地球のあちら側でも、ポルトガルの山火事の多発、ピレネー山脈の季節はずれの降雪など異常気象が続き、ベネズエラ、中国では洪水、アメリカでは記録的な大型ハリケーンが猛威を振るった。自然は怒っている。しかしそれは環境問題をはるかに超えた人間の行動様式の危機をもたらしている。

ハリケーン「カトリーナ」の来襲を受けたアメリカの南部では、十万人が逃げ遅れ、犠牲者も数千人にのぼるという。ニューヨークの同時テロより規模が大きい。

行政の対応は後手後手に回って、責任の所在すらどこにあるのか分からない。

なぜ災害対策が進んでいるアメリカで、こんなに大きい被害が出たのであろうか。米連邦緊急事態管理庁（ＦＥＭＡ）は、十万人が逃げ遅れても知らぬ顔をした。それればかりか、民間のレスキュー隊の入るのを阻止したという。後は略奪のみならず、レイプのような犯罪まで起こった。

こうなると、「カトリーナ」は自然災害ではすまなくなる。人間の行動様式の問題となる。危機的状況に直面して、人間がどう動くかを、あらためて考えなければならない。

行政の作ったマニュアル通りに人は動かない。危機に際して行政がいかにあてにならないかは、今回の対応でも分かる。災害時には人間の本性が現れるのだ。

避難命令だけ流せば足りるという行政、ネットワーク社会なのに、家族の安否さえいまだに確認できない矛盾。どうやら今度の災害は、管理社会の問題を浮かび上がらせたようだ。個人に情報が適切にふられていないから、人は創発的になすべきことを選択できないのだ。

これはアメリカ型管理社会では、人間の創発能力が失われているためではないだろうか。危機に際してこそ、情報を主体的に利用し、創造的な行動を生み出すことが必要なのだ。

善意の謀略

私の闘病生活を記録したドキュメンタリー「脳梗塞からの〝再生〟〜免疫学者・多田富雄の闘い〜」が、NHKスペシャルで放映されたのは、旧臘《きゅうろう》（二〇〇五年十二月）四日であった。アナウンサーの淡々とした語り口がよかったためか、放送中から電話が鳴り続け、私のメールにも、NHKにもたくさんの投書があった。

多くは「感激した」「力づけられた」という感想が主であったが、重度の麻痺で苦しんでいる私の姿に、こうすればよくなるとか、こんな器具があるという助言もあった。たくさんの見知らぬ人の善意に、感激を新たにした。メールをくれた方には、出来るだけお礼の返事を出したが、どうもそれだけでは済まないものもあることに気づいた。

紹介してくれた中には、いろいろな健康食品や民間療法があったが、中には科学的とはいえない治療法、一見していかがわしい食品もあった。免疫を高めるという製品とか、麻痺が治るという核酸、癌を含め、万病に効くという生物製剤、酵素、エキス、万能の「気」など、こういうのが堂々と流通しているかと思うと、心が寒くなる。

昔から「鰯《いわし》の頭も信心から」というが、個人的に信じているだけならいい。押しつけがましい信仰となったり、有害な風評となると穏やかではない。たとえ善意であっても、他人の生活に介入することは困る。

電話や手紙が一段落すると、今度は訪問が始まった。やっと休養の時間を楽しんでいると、不意の訪問者が来る。なんだか分からないうちに居間へあがりこんで、この食品は免疫をたかめる効能がある、その作用は……というような講義を長々と始める。

私は曲がりなりにも免疫学の専門家だ。素人の講義が間違っていることなど分かる。相手が善意でやっているだけに、追い出すわけにもいかず、しゃべれないから苦情を言い立てることも出来ない。ナンセンスな話を延々と聞かされることになる。

私は民間療法を馬鹿《ばか》にしているわけではない。それを医療に取り入れるために、

「日本補完代替医療学会」という学術団体も組織されている。私も二〇〇五年、その学会長を務めた。

民間療法を含め、代替医療の治療効果は、個別性が高い。一人に効いたからといって、誰にも応用できるわけではない。ましてや万病に効くなどと信じるわけにはいかない。薬の効果には科学的検証がなされなくてはならない。そうした配慮のない善意の押し売りを、「善意の謀略」というそうだ。

となりの火事

朝といっても、むしろ寝入ったばかりの午前三時、合成言語でけたたましい警報の声が鳴り響いた。「火事です。火事です。安全を確かめて避難してください」。飛び起きようにも、飛び起きることなんか出来ない。昨年（二〇〇一年）の五月に倒れて死線を彷徨い、目覚めてからは右半身不随で、一人で起き上がれない。その上構音障害で口もきけないから、助けを呼ぼうにも呼ぶことができない。介助して貰わなければ、身動き出来ないのだ。

しかし、このマンションの近くで、数日前も夜中の不審火があり、同じような警報で起こされた。毎夜こんなことで眠りが妨げられるのはかなわないと思って、そのままふて寝していたら、ドアまで見にいった妻が息せき切って駆け込んできた。「隣が火事だから早く装具をつけて。廊下は煙でいっぱいよ」。隣といっても隣のビルだろうと思っていたら、玄関のあたりからプラスチックのこげるにおいが漂ってきた。

ドアをドンドンたたいて、「すみません。119番してください」と男の声がした。切羽詰まった声で「消火器を貸してください」と叫んでいる。隣というのは隣室のことらしい。

妻が119番している間に考えた。どうも大変なことになった。この体では非常階段は下りられまい。私は煙に巻かれて死んでもいいが、妻にはどうしても逃げてもらわねばならぬ。でも言葉が不自由だから、今告げることはできない。

妻もあわてている。ゆっくり話などしていられない。震える手で麻痺した足に装具をはめている間に、入り口からは煙が入ってきた。非常階段はそちらにある。もう煙でいっぱいらしい。あとはベランダに逃げるほかに逃げ道は無い。妻はタオルを何枚も濡らしてきて、私にもたせ車椅子に乗せた。

何度も転びそうになって、妻に支えられてベランダの植え込みのところまで逃げた。隣の窓からはもうもうと煙が噴き出している。前にもこんなことがあったな、いつだったっけ、などとのんきなことを考えたが、それは子供のころ裏の家で大きな火事があり、こわごわ覗き込んだ思い出だった。

もうそのころには、暗い東京の町のあちこちで消防車のサイレンのこえが湧《わ》き上がり、みんなこちらに向かって近づいているようだった。早い車はもうマンションの前に着いた。火災は今たけなわに達している。真っ赤な炎の舌がめらめらと窓枠を舐《な》め、黒い煙が壁を伝って這い登っている。まるで錦絵《にしきえ》を見ているようだ。もうひとつの非常階段はあの窓の下にある。風は逆方向だが、あの炎の下をぐって逃げるとき、煙に巻かれねば良いが。

そのとき、屈強な消防士がどやどやと駆け上ってきた。「入り口はどこだ」と聞いている。

「ここから入ってください」と妻が自宅の入り口を教える。土足で上がりこんで廊下のほうへ出て行った。一人が思い出したように駆け戻って、「なぜ逃げないんですか」と怪訝《けげん》そうに聞いた。

妻が「歩けないんです」と私を指すと、「それならおぶって逃げましょう。つかまってください」と背中をさしだした。半身不随の身ではつかまることもままならないが、やっとのことで分厚い消防服の背中にしがみついた。片手しか使えないので、ずり落ちそうになるのを必死に我慢して階段を駆け下りた。幅広い屈強な青年の背中だった。麻痺した腕が抜けるほど痛いが、苦情など言っておられない。力尽きそうになって駐車していた一台のワゴン車におろされた。

これで一安心、妻も胸をなでおろした。これは、消防活動の指揮を取る車だった。次々に消火の情報が無線で入ってくる。駒込の消防車が何分に着いたとか、避難が完了したとかなかなか忙しい。一人の消防士がメモを取りながら指令を出している。

中には、「神田《かんだ》消防隊、午前三時四十分、半身不随の老人一名、避難の介助をしました」というのがあった。「それは避難ですか。救出ではないのですか」などと聞いている。私のことを言っているらしい。こうあからさまに自分のことを報告されると、なんだか気恥ずかしい。

間もなく火勢はおさまったが、鎮火と確認するのは難しいらしい。とうとう七十平米が全焼してしまった。耐火建築なので壁一枚で隣接しているにもかかわらず、私の家には被害はなかった。

鎮火したのは夜も白々と明けてからだった。私が煙の充満する自宅へ戻ったのは、午前七時を回っていた。もう寝付けない。火事のことをあれこれ考えた。命にかかわるほどの大事なのに少しも動揺しなかった。むしろ冷静に見物しているようだった。負われて逃げるときでさえ、臆病《おくびょう》な私がどきどきすることもなかった。あとで考えるとなんだか不思議だ。

なぜだろうか。

私は思った。私は去年の五月に脳梗塞で死線を彷徨った。その後も自死の欲望と戦い、死なずに今ここにいる。いったん死を目近に見て帰ると、死がこわく無くなるというのはほんとだった。この火事の経験で、私は死に面したことのある人間の冷静さの秘密が判ったような気がした。

国立劇場に残された課題

体が不自由になって、家を新築することになった。元の家中にたまったガラクタを処分しなければならない。狭いといっても、三十年も住んだ家である。片付けるのも容易でない。妻は何日もごみの山と格闘した。

いざ捨てるとなると、いろいろ思い出があって捨てがたいものが出てくる。なかなかはかどらない。その中に「国立劇場懸賞論文集」という、色あせた表紙の小冊子が出てきた。一九五七年一月十五日発行とあり、中身はすっかり茶色に変色したざら紙に謄写版印刷である。二百ページばかりの記録である。

まだ日本に国立劇場が造られる前の昭和三十一年（一九五六年）、朝日新聞社が主催して、文化財保護委員会協賛で行われた懸賞論文募集「国立劇場に何を望むか」の入選作を集めたものである。二百五人が応募したこの懸賞論文は、久保田《くぼた》万《まん》太郎《たろう》や小宮豊隆《こみやとよたか》、大谷竹次郎《おおたにたけじろう》、河竹繁俊《かわたけしげとし》などそうそうたるメンバーが審査員に名を連ねたなかなかの意気込みのものであったらしい。

一等は一名で五万円、二等は二名二万円、三等は五名一万円の賞金が付いた。国立大学の授業料が確か六千円くらいのころだった。

私は学校の演劇クラブで演出などやったり、お能や歌舞伎《かぶき》に夢中になって、いっぱしの演劇青年のつもりであったが、実情は懐のほうがさびしかったので、なかなか歌舞伎座までは観に行けなかった。お能は、学生席というのがあってちょくちょく出かけて、明治生まれの名人たちの最後の舞台を観る機会に恵まれた。新劇は友達がある劇団にいたので、ただの席を見つけてはよく入れてくれた。

「国立劇場に何を望むか」という懸賞論文に応募したのは、そんな背景があったからである。ちょうど医学部の専門課程の一年目にはいったところだった。応募者名簿には、二十二歳学生と書いてある。

一等の方の論文は、丸本《まるほん》歌舞伎の連続上演を提案していた。私の論文は二等に入賞し、私は二万円を手にした。それが何に消えたか、記憶は定かではない。当時ほしくてたまらなかったクラリネットを買ったのだけは覚えている。そのクラリネットは、精神を病んだ友人にあげてしまった。いずれにせよ忘れていた亡霊のような論文集が出てきたのである。何を書いたのか定かではないので、読んでみた。

私の論点は、伝統演劇、能や歌舞伎の連続の上に現代劇を創り出すために、さまざまなジャンルの舞台芸術を同じ舞台で演出可能な可塑性をもった半円形劇場を提案するというようなものであった。ギリシャ劇やシェークスピア劇も同じ舞台で上演される。

歌舞伎を中心とした国立劇場のほかに、国立能楽堂や、現代の舞台芸術を何でも上演できる新国立劇場までできた今から考えると、一つですべてを上演するというけち臭い提案は、明らかに時代遅れのそしりを免れない。しかし、たった一つでも理想的な演劇の場を持ちたいという、祈りにも似た気持ちが文章になって表れていた。

それは巻末に要約された応募者全員の意見にも表れていた。新しい国民の演劇の創造と発展、伝統演劇の保存と国際的紹介、芸能による国際交流、海外の舞台芸術の紹介などに要約される目的には、当時演劇を求めた人々の熱い思いが込められている。

また事業としてあげられた後継者の育成をはじめとして、資料の収集と保存、展覧や、古典演劇、郷土芸能についての調査研究は、今ようやく成果が表れ始めた国立劇場の事業といってよい。今にして思えば、まことに先見性のある要望であった。その他、現代演劇史の編纂《へんさん》や演劇研究所の設置などの提案もあって、今見てもなかなか優れた意見の集成である。こんなことができた一九五〇年代は、貧しかったけれど志が高かったとつくづく思う。

ところでこれらの要望の多くは、すでに達成されたばかりか、それ以上の成果が表れている。伝統演劇である歌舞伎や能は隆盛を極めているし、後継者の育成も、資料の収集もある程度進んでいる。そればかりか新国立劇場ができて、オペラやバレエも上演できるようになった。小劇場では、現代劇やモダンダンスも上演されている。

でもこの論文集にあげられた、新しい国民の演劇の創造と発展という点はどうであろうか。日本を代表する現代の国民演劇、舞台芸術と呼べるものが創造されているだろうか。古典演劇に根ざして、日本の現代劇を代表する舞台芸術は育っているか。

私は優れた現代劇のいくつかを知っているし、実際に記念すべき上演も観た。しかしそれは国民的な演劇と呼べるだろうか。そして国立劇場はその実現に貢献したであろうか。国立劇場のこれからの役割は、真の日本の現代演劇への道を拓《ひら》くことだと思う。

なぜ原爆を題材に能を書くか

私は今（二〇〇三年）、広島音楽祭に出す新作能を書くために、原爆に関する資料を調べている。原民喜《はらたみき》や峠三吉《とうげさんきち》の詩集を読むにつけても、生々しい惨状が思い出されて、身がすくむ思いがする。丸木《まるき》美術館の『原爆の図』をみると、地獄絵にも似た無残さに、言葉がついてゆけなくなる。

実際、私が原爆の能を書こうと思ったのは今度が初めてではない。毎回能舞台にはそぐわないあまりの生々しさに、足がすくんで中止してしまった。しかし毎年季節が巡ってくると、それを書いていないことに後ろめたい思いがしてくる。広島のことを知っている私たちにとって、核戦争の恐ろしさを書き残しておくことは、果たしておかなければならぬ責任のようなものである。

そんな時、日本の核装備が議論されているという。拉致《らち》問題、北朝鮮の核問題のせいであろうが、もう一度待ってもらいたい。

広島、長崎を知らぬ世代になって、核戦争の無残さは他人事のようになってしまったが、もう一度歴史の証人たちの声を聞いてもらいたい。一度は広島、長崎に足を運んで、丸木美術館や原爆資料館で、それがどんなに非人間的な残虐な行為であったかを見てもらいたい。その上で、石に刻まれた声「過ちは繰り返しません」の言葉を読んでもらいたい。

そんなことは分かっている。核装備は、核戦争の抑止のためだ、とでもいうであろうか。しかし、やくざのように、脅しには脅し返す、攻撃には先制攻撃で、また先制攻撃には報復で、という古い戦争の構図は、核戦争の抑止にはつながらない。一度使ったら、双方とも破滅することは目に見えている。とめどない連鎖になって、収拾のつかぬ破局につながるだけだ。一歩踏み出したら終わりだ。

それでは、ほかに抑止の手があるだろうか。これも言い古されているようだが、国際世論に訴えるのが、最も賢明なやり方であろう。核だけは使わない、使わせないという悲願は、多くの国々、そして人々が共有しているものだ。それを唯一の被爆国である日本が自ら破ったら、国際社会に顔向けが出来まい。

二十世紀は、科学や技術の進歩はあったが、人間は相変わらずおろかな戦争を繰り返しているといわれている。しかし、それでも人間だって少しは進歩している。たとえば人権という思想だ。人権は、つい五十年ぐらい前までは、普遍性を持った確立した概念にはなっていなかった。しかし今では、最大限尊重されるようになった。数少ない人間の進歩の例である。

戦争一般もそうだが、核戦争はことに重大な人権の侵害である。国際社会の関心を呼ばぬはずはない。核だけは持たない、使わせないという原則が、支持されぬはずはないし、それ以上の抑止力はない。

核の抑止力が通用したのは、米ソの二極構造があったときの話であろう。今核武装をすれば、今後アジアの国々にまで核の拡散が始まり、ローカルの核戦争発展にまでなりかねない。抑止にはならないのだ。

日本が今、核の拡散防止という名目を自ら放棄して核武装するならば、平和憲法や、広島、長崎の犠牲者はいったい何だったのだろうか。過ちは繰り返さないという誓いを、改めて思い出して核軍備を許さないことを願う。

原爆の能

毎年八月になると、太平洋戦争の記録がテレビで放映される。中でも広島、長崎に落とされた原子爆弾の悲劇は、今でも生々しく私たちの心を打つ。そんな中で、私の作った広島の被爆を扱った新作能『原爆忌』が上演される。

この能は広島の被爆体験を、生き残った老女と、犠牲になった彼女の父の幽霊の二面から語らせると言う意図をもって書いたものである。この能を、はじめに企画した観世《かんぜ》榮夫《ひでお》さんと、当代随一の表現力を持つ能楽師、梅若六郎《うめわかろくろう》さんの主演である。

予定された東京国立能楽堂での初演の日は、台風十一号（二〇〇五年）の直撃でキャンセルになったが、この九月六日には上演する。また八月末に京都、広島で上演した。この能を書いた意図を書いておきたい。

私にとっては、被爆体験といういわば表象不可能なものを、能という制限の多い演劇のミニマリズムで、いかに表現できるかというチャレンジであった。それに前半は、現実の老女が出てくる「現在能」のかたちをとり、後半は死んだ人の幽霊が出てくる「夢幻能」の形式である。なかなか難しくて、なんども書き直した。

能では幽霊が、死後に堕《お》ちた地獄の苦患《くげん》を物語る。あの世で地獄を体験して、この世に戻った幽霊は、現世のわれわれに語って聞かせるのだ。これが夢幻能の手法である。

ところが私の能『原爆忌』では、生きたままこの世で見た地獄を、死者が振り返って恐怖とともに物語るのである。後に続く救いは無い。その逆転こそ、広島に落とされた原爆の現実である。生き残った老女も、この世の地獄絵を見た体験を語るのだから、まるで死者が記憶を手繰り寄せるように演じる。こうして老女の訴えは、石に刻まれた死者の叫びと等価になる。この生と死の逆転の劇を、観世榮夫、梅若六郎のお二人の演者は、迫真の演技で表現するのだ。

日本の核武装が声高に議論されるようになった現在、ここでもう一度、歴史の証人である死者の声を聞いてもらいたいと願う。毎年この季節に、この能がどこかで上演されることを祈っている。

楽しむ

雀のお宿

私の仮住まいのマンションは、ベランダが隣家のかなり広い庭に面している。私の家の窓からは、まだらに植えられた庭木が見渡され、季節の回《めぐ》りを居ながらにして眺めることができる。

一昨年（二〇〇二年）の冬、病院から直接このマンションに移送された。一年に及ぶ入院生活の末であった。住み慣れた自宅は近いのだが、そこへは帰れなかった。

私は玄関先の一段の段差も越えられないからだ。

旅先で突然の脳梗塞の発作に見舞われ、死線をさまよったのち、完全な右半身麻痺、重度の言語障害で一年近くもあちこちの病院に入院生活を送った。命にかかわる入院生活だった。リハビリの後やっと退院ということになったのだが、もう自宅にさえ帰れない体になっていた。

妻が奔走して新築の貸しマンションを探してきた。バリアーフリーというふれこみだったが、段差がまったくないわけではない。毎日使う洗面所と手洗いに、十センチほどの段差が有る。毎日冷や汗をかきながら用を足さなければならぬ。でも我慢しなければ、生きてゆけない。

思い切って家を新築することにしたが、これもそう簡単にはことが運ばない。私は発作の後遺症で言葉がしゃべれないからだ。身振り手振りといっても、右手が動かない。字も書けない。威張るわけではないが、寝たきりに準ずる第一級の障害者なのだ。年金生活者だ。貯金だってそんなに潤沢ではない。設計事務所と交渉するのも、古い家を取り壊すのも大仕事だ。愛着のあるものを捨てるなど、私には何日かかってもできない。引越し屋に相談するのも、資金の算段をするのも、病気がちの妻に頼まなければならない。ほとほとくたびれたが、やっと着工の運びとなった。

そんな日々が続いて、妻とあわただしい朝食をとっていると、ベランダがにぎやかになった。毎朝のことだが、雀《すずめ》が餌《えさ》をつつきに来たのだ。日によって数もメンバーも違うらしい。妻が私の食べこぼしの飯粒や果物の皮などを撒《ま》いておくようになってから、覚えているらしく、その時間になると集まってくる。

日差しが出ている朝などはベランダに車椅子を出してもらい、隣家の植木を眺めながら、くつろいでいると、小鳥たちがやって来て慰めてくれる。こんな都会なのにいろいろの鳥が集まる。

とりわけ庭の中でひときわ目立つ、大きな槐《えんじゅ》の木にはいつも小鳥が群がっている。夏が過ぎて、黄色の花が散る頃には、鳥の数も少なくなった。秋が深まり、葉が落ちて実がなる頃になると、どこに隠れていたのか、名も知らぬ小鳥が集まり、群がって啼《な》き交わしている。リハビリがない朝などは、それを見ながら午前の時を過ごすのが私たちの楽しみになった。

そんなある朝、ベランダをガラス戸越しに眺めていた妻が、不思議そうな声を上げた。

「面白い雀が来ているわよ。親子なのかしら。お節介な雀よ」

私が車椅子を近づけて見ると、ちょうどベランダの壁に四羽の雀が止まり、妻がおいたパン屑《くず》をついばんでいた。二羽は体が小さく精悍《せいかん》だが、後の二羽は羽毛が膨らんで動きが鈍い。妻はすぐさま、やせ雀とふくら雀と名をつけた。妻の言うには、精悍なほうのやせ雀が、ふくら雀に餌を運んで食べさせているというのだ。そういえば、二羽の小柄な雀は敏捷《びんしょう》に跳ねながら餌をあさっているが、二羽のふくら雀はベランダのふちに止まったまままあまり動こうとしない。

しばらく見ていると、精悍なほうのやせ雀がちょんちょんとあちこち動いて、ちょっと大きいパン屑を拾って、ふくら雀に近づき、嘴《くちばし》にくわえた餌を渡している。ふくら雀は小首を傾《かし》げるだけで、運ばれた餌を当然のように嘴でもらって食べている。

「お節介ね」

といったのは、この口移しにパン屑を与えている様子を見てのことだった。

ふくら雀は自分で餌をあさることができないわけではない。時々は、自分でも餌を見つけてはついばんでいる。しかし精悍なほうが、周りを離れず、しきりに餌を運んでは口移しに与えている。

初めは親子だと思った。親雀が、やっと巣離れした子雀に餌の取り方を教えているようだった。しかし親の役をしている精悍なほうが体が小さい。ふくら雀のほうは子雀にしては、体が膨れて大柄である。どんな関係なのだろうか。

それとも老い衰えた親雀を、子雀が養っているのではないかとも疑った。自分が今置かれている境遇から、子雀が親雀を介護していると想像して、けなげな子雀の物語を想像して楽しんでいたのである。

どちらだとしても、親子と思われた雀の姿は、その後も時々ベランダで目撃された。相も変わらぬかいがいしい介護の姿を見たさに、雀の来訪を心待ちする朝が続いた。

でも冬になって、槐の実が熟すると、それを目当ての小鳥たちで木はいっぱいになった。ついばんだ黒い実の皮が、道路まで点々と落ちる頃になり、種類も椋鳥《むくどり》や鵯《ひよどり》も混じるようになった。雀たちはいつの間にか追い出されてしまった。介護雀も姿を見せない日が続いた。

「今朝は雀は来てない？」

と妻に聞くと、

「大きな椋鳥が来ているから、このごろ雀は見かけないわ」

と妻も気になるようだった。

ひとしきり賑《にぎ》やかだった我が家の雀のお宿も、椋鳥に占領されてからはぴたりと静かになった。それでもお宿の爺《じい》さんと婆《ばあ》さんは、例の介護雀を心待ちにして時々ベランダをのぞいたりしていた。

ある霜の朝、珍しく早く起きて、しょう事なしにベランダを眺めていると、天からパラパラと降ってきたように雀が降り立った。

「あの雀たち？」

と期待を膨らませたが、普通の雀の群れだった。少しがっかりした。が、見ているうちに精悍な動きの雀が混じっているのに気づいた。

ピョンピョンと跳ねて餌をついばんでいる動作や、やせていても群れの様子を気にかけているようなところは、確証はないがあの介護雀に違いないと思った。

「来ているよ」

と妻に目配せして、様子を眺めた。

でも群れにはふくら雀のほうの姿は見つからない。みんなやせぎすの精悍な動きの雀たちだった。

「あのふくら雀はどうしたのだろうか。見えないようだけど」

「雀の一羽一羽を見分けるのは無理よ。大人になればみんな同じに見えるはずだわよ」

確かにみんな同じように見える。でも私には精悍な一羽は、あのお節介で介護に懸命になっていたやせ雀に思えてならなかった。雀たちはパン屑をひとしきりついばむと、いっせいに飛び去った。

爺さん婆さんは、雀のお宿に雀が来なくなったと嘆いていたが、朝早いうちに来ていたらしい。寝坊の私が気づかなかっただけだ。ちょっと安心した。

エプロンにくるまれふくら雀のような姿で、妻にスプーンでスープを口に運んでもらいながら、あの雀のことを思っていた。親なのか子なのか知らないが、病弱の雀は介護不要になった。あのふくら雀がすっかり元気になって、群れの中で餌をあさることができるようになったので、目立たなくなったのだろうと想像しながら朝食を食べた。

今朝も椋鳥が二羽ベランダに突き出た桜の枝に来ている。その桜も芽が膨らみ始めた。もう春も近い。

涙の効用

「冬の日　しづかに泪《なみだ》をながしぬ／泪をながせば／山のかたちさへ冴《さ》え冴《ざ》えと澄み／空はさ青に／小さき雲の流れたり」。若いころ愛唱した三好達治《みよしたつじ》の「冬の日」という詩である。

今年（二〇〇五年）私は三人の愛する人を失った。一人は四十年もつき合って、なんでも相談できたアメリカ人の免疫学の友達。先生みたいに尊敬していた人が、九十八歳で世を去った。九十八まで健康でいたのだから年齢に不足はないけれど、思い出すと悲しくてたまらない。

もう一人は、私が旧制中学のころ下宿していた叔父。戦後の混乱期に、クラシック音楽や英語を教えてくれた。最後の一人は最愛の弟子。壮絶な癌との闘いの末、道半ばにして五十九歳の若さで力尽きた。

老来涙もろくなったので、思い出すと涙がとまらない。いっそのこと泣けるだけ泣いてやろうと、ある日しみじみと心行くまで泣いた。次から次へと思い出が湧《わ》き出し、そのたびに涙腺《るいせん》が膨らみ、鼻の奥がツンとしてくる。みるみる涙が溢れてくる。あの時ああもしてやればよかったと、悔やまれることばかりだ。しみじみと泣いた後は、心が整理されて清々《すがすが》しくなる。東京からは山の形は見えないが、ビルの影さえ冴え冴えと見えてくる。「かくは頽ひ／わが泪ひとりぬぐはれぬ」と三好は詩《うた》っているが、私も心が洗われたようになる。

翻って世の中を見ると、母親を毒殺しようと、苦しむ経過を冷静にブログに書き込んだ女子高生とか、幼馴染《おさななじみ》のガールフレンドを刃物で刺した男子生徒とか、殺伐としたニュースが飛び込んでくる。彼らは、しみじみと泣いたことがあるのだろうか。ひょっとして泣くことを忘れていたのではないだろうか。

そういう若者には、しみじみと泣くことを勧めたい。思い出せば、泣きたくなるような母とのできごとの一つや二つあるに違いない。ガールフレンドに冷たくされた恋の悲しみだって、泣く材料には事欠かないはずだ。

心を鋼鉄のように硬く覆って、決して泣かないように構えていないで、心行くまで弱々しく泣いてみなさい。しみじみと泣いた後は、山の形、ビルの影さえ、冴え冴えと見え、君の涙をぬぐってくれよう。心が整理されて、罪を犯す気などなくなるに違いない。

ゾルタン先生のこと

ゾルタン先生が死んだ。九十八歳だった。メールの通知を受けて、私は人目もはばからず号泣した。肺炎で危ないとは知っていたのだけれど、いざとなったらショックだったのだ。

私は一九六三年に彼と初めて会った。アレルギー学では誰知らぬものはないPCA反応（受動的皮膚アナフィラキシー）の発見者として、教科書にも載っている有名な免疫学者と会うというので、いささか緊張してニューヨーク大学の彼のオフィスを訪ねた。

PCA反応とは、モルモットの皮内に希釈した血清を注射して、数時間後に抗原とエヴァンスブルーという色素を静脈注射すると、もし血清中に抗体があれば皮膚に青いスポットが現れるという生体反応である。それは抗体が皮膚に固着する性質を持っているからと解釈され、鋭敏な半定量的抗体の検出法として広く用いられてきた。当時はアレルギー検出に、こんな方法しかなかったのだ。

彼は白衣を着て、実験台に向かっていたが、手を休めて、コチコチに固まった日本からの若い研究者ににこりと親しげな微笑を送った。私は二十八歳の青年だったから、彼は二十七歳年上の脂の乗り切った五十五歳だったはずだ。

この世界ではゾルタン・オヴァリーといえば有名な学者だったのに、初対面の私に強いハンガリーなまりの英語で、実験を詳細にわたって説明し、ちっとも偉ぶるところがなかった。その上自分で動物室に案内し、当時有名だった実験、モルモットのガンマグロブリンには、皮膚に結合するものと、結合しないものの二種類があるという証明をした大きなモルモットを見せてくれた。この実験こそ、やがて石坂《いしざか》公成《きみしげ》博士がIgEを発見する先駆けになった大事な研究である。アレルギーを起こす抗体は、ガンマグロブリンの中でも特別な種類のものらしいことをはじめて明らかにした研究である。

やがてこの抗体は、γ_1-グロブリンと呼ばれ、補体を結合し炎症を起こすγ_2-グロブリンと性格が違うことが証明された。現在はIgG_1とIgG_2と呼ばれている。

私が帰ろうとすると、彼は突然白衣を脱ぎ捨て、私を街へ誘った。行き先はメトロポリタン美術館だった。タクシーを降りると、私を正面入り口の特別の会員のためのブースまでひっぱってゆき、ゲストのバッジをつけさせ、ストレートにルネサンスの部屋に連れて行った。まるで自分の家を歩くようにすばやかった。

見覚えのあるフィリッポ・リッピのマドンナの前に立って、「ルック、トミオ!」と、大声で説明を始めた。それはどんな美術書にも書いていない詳細を極めたものだった。いつの間にか他の来館者も自分たちのガイドのもとを離れて、私たちの肩越しに覗き込み、一塊になってついてきた。彼の蘊蓄《うんちく》はルネサンスにとどまらず、印象派、中世、古代ギリシャにも及んだ。

私はその後ニューヨークへ行くたびにゾルタン先生をたずね、美術のみならずバロック音楽、バレエ、オペラ、美食などの手ほどきを受けた。それほど彼の知識は豊かで、教養は深かった。

そのころ私は彼のパスポートが、「無国籍」となっていることに驚いた。彼の数奇な経歴を知ったのはしばらくしてからのことだ。

ゾルタン先生は、一九〇七年にハンガリー王国のトランシルヴァニアの古都コロズヴァーの貴族の家に生まれた。幼少のころ、作曲家バルトークやコダーイも彼の母のサロンにやってきた。

フランスで学位をとりパストゥール研究所に職を得たが、第一次大戦のあと、一九二〇年のトリアノン条約で、故郷トランシルヴァニアはルーマニアに併合され、そのとき彼の両親は虐殺された。彼は多くは語りたがらなかったが、無国籍、無一文で放り出されたという。

イタリアの貴族を頼って、ローマで十年ほど貴族相手の開業医をやっていたが、その逆境の中で前述のPCA反応を発見した。四十五歳でアメリカに移民し、ジョンズホプキンス大学に就職した。彼の芸術に関する並はずれた感受性は、天性ののほかに、この不遇の放浪時代に磨かれたものらしい。

私は彼から免疫学についても教えられるところが多かったが、彼の芸術に関する博識、感受性のほうからより多くのものを学んだ。

ゾルタン先生は、その日から私の生涯の親友になった。私はニューヨークに行くたび、彼のアパートに泊まり、彼の講義を聞きながら、モルガンライブラリーなど、いくつもの美の殿堂に案内された。それればかりか、二十回を超すイタリア旅行、エジプトへの船旅、インドやメキシコへの冒険もご一緒した。その結果が、私の美術紀行『イタリアの旅から』(誠信書房)に集められた。

もちろん学会では、彼の多くの親友に紹介された。それがどれほど私のキャリアに役立ったか分からない。ゾルタン先生は、誰にも分け隔てなく接していたので、どの国際学会でもとりわけ大事にされた。

そんな日が四十年余り続いた。その間に私は病を得、毎年行っていたニューヨークにも行けなくなった。ゾルタン先生も九十歳を超えた。

脳梗塞になり歩けなくなった私に会うために、二〇〇三年の冬、彼は病を押して日本を訪問する予定を立てた。しかしその年、インフルエンザにかかって、肺炎を併発した。彼は九十六歳になっていた。当然日本行きは断念せざるを得なかった。

ゾルタン先生はその後、一進一退の病状を繰り返していたが、それでも車椅子で研究室に通い、コンサートにも足を伸ばした。朝はメールに目を通し、すばやく返事をくれた。論文の査読も前と同じようにした。

しかし二〇〇四年の暮れからは呼吸困難となり、入退院を繰り返すようになった。

車椅子を押してもらい、アパートの前の陽《ひ》だまりに行くと、「オー、ソレイユ、オー、ソレイユ！（おお太陽！）」と繰り返していたという。

現代の「花盗人」

今年（二〇〇五年）も山形県で、さくらんぼが大量に盗まれたそうな。丹精して育てて、やっと収穫を楽しみにしてたのを、直前に盗むとはまったく許しがたい。どんな輩《やから》だろうか。

東京でも同じような輩がいるらしい。私の家は東京の人口密集地にある。庭などないから、玄関前に植木鉢を並べて楽しんでいる。その植木鉢を頻々《ひんぴん》と盗んでいく人がいるのだ。

部屋の中で育つ観葉植物も、たまに外気に当てようと一晩外に出してやる。その一瞬が狙《ねら》われる。この間はベンジャミンの大きな鉢がなくなった。障害者の私に緑のプレゼントをしようと、せっかく買ってきてくれたのに。

この冬には紅梅の鉢が持って行かれた。蕾が膨らんで咲く寸前になって少し寒風に当ててやろうと、外に出した一夜のことであった。

花を待ちわびていただけにいっそう悔しかった。その後、蘭《らん》や薊《あざみ》の鉢など、忘れたところに盗人はやってくる。悔しくてたまらない。

高価なものではないので、いつも泣き寝入りだ。花が好きな人だったらきっと水をやって大事にしてくれるさと、妻と慰めあった。この大都会の片隅で、淋《さび》しさを慰めている人がいると思えばそれでいい。

ところが話はそれで終わらなかった。今度は頻々と何かが置かれてゆくのだ。この間も、まだ新しいマウンテンバイクが家の前に置き去りにされてあった。誰ののか不審に思っていたが、何日たっても取りに来ない。車椅子の出入りの邪魔になるのだが、捨てることもできない。そのうち雨に打たれ、さびついてきた。持ち主が分からないので業者も引き取ってくれない。困った。

このような風潮は、他人の気持ちも考えず、なんでも欲しいものはヒョイと持ち去って、いらなくなったら置き去りにするというすさんだ心が普通になったものらしい。

室町時代の狂言に『花盗人《はなぬすびと》』という主題があった。満開の桜の一枝を盗む風流な天人の話だが、鉢植えの花や果物を根こそぎ持っていく現代の盗人は許せない。おまけに盗んだものを平気でおいてゆくというのは、新種の人類が出現したものと思い知った。

初夢

本当に驚いた。驚きましたよ。私のワインセラーの一番上の棚に大事に寝かしてあったワインボトルが消えているのだ。なくなったのはシャトー・ペトリュス、一九八〇年物、ボルドーの名醸ワインだ。いい友達がきたときに飲もうと、大切にしてきたものなのに。

友達がわざわざフランスから抱いて帰ったワインだ。頂いたままリボンも解かず、ワインセラーの一番上に飾っておいたのだ。飲んだのは誰だ。

まだ半醒《はんせい》の混乱した頭で考えた。どうやら犯人は弟らしい。数日前に弟と飲んだとき、ペトリュスがあるぞと見せびらかした覚えがある。弟が「開けよう」といったが、「今日はだめ、お前なんぞより大切な客人があったとき開けるんだ」と冷たく拒否した覚えがある。「あいつめが」と怒りに身を震わせたところで目が覚めた。

もう何年も前に見た夢である。

朝起きてすぐにワインセラーに直行した。あった。ありましたよ。シャトー・ペトリュスは、黄色のラベルも神々しく輝いてもとの場所にあった。夢だった。夢でよかった。酒飲みは卑しい夢を見るものだとつくづく思った。

それから数日後に、容疑者誤認のワインは、めでたく私の胃におさまった。うまかったけれど、弟を疑った悔いのためにちょっぴり苦い味がした。

私が発病前、酒がふんだんに飲めたころの夢の話である。今はたくさん飲めなくなったにもかかわらず、ワインセラーにはまだ名醸酒がいっぱい詰まっている。それを眺めては、全快して酒を飲める日を夢見ている。

お正月には懐かしいお客も来る。あのシャンパンを開けよう。それとも日本酒にしようか。あのワインはまだ若いから、あと五年くらいは寝かせておこう、などと飲めないくせにあれこれ夢見ている。自分の病気が治らないことくらい知っているのに。

そんなある日、また夢を見た。誰とも知れぬ送り主から真新しい木箱が送られてきた。開いてみれば、ペトリュス、マルゴー、オーブリオンなどの豪華なワインボトルが燦然《さんぜん》と輝いていた。

初夢にはまだ早かったが、私は幸福感に満たされて目を覚ました。相変わらず酒飲みの夢は卑しかったが、こんな初夢なら見てみたいものだ。

蛍の火

大野乾《おおのすすむ》先生は、有名な分子生物学者である。アメリカに住まわれているので、なかなかお目にかかる機会が少なかった。先生は、動物の進化に独創的な仮説を立て、来日されるたびにその考えを聞くのを私は楽しみにしていた。

その大野先生が、癌を発病されて闘病中と聞いて、ひそかに心を痛めていた。それも脳に転移があり、もう再起不能と聞いて愕然《がくぜん》としたものだった。あの大胆な仮説を発展させ、証明することができない。あんな頭がいい人とは、二度とお目にかかることはできまい。

大野先生と最後にお会いしたのは、なくなられる前年の初夏であった。たまたま来日された大野先生夫妻を囲んで、奥湯河原《おくゆがわら》の宿で一夜歓談の機会を持とうと集まったのは、分子生物学者の井川洋二《いかわようじ》さん、遺伝学者の森脇和郎《もりわきかずお》さんと私とであった。

そのころ大野先生は、癌の転移が脳に広範に広がり、すでにいろいろな症状が出始めたという悲しい噂《うわさ》も伝えられていた。あの傑出した頭脳に、なんという理不尽な天の采配《さいはい》であろうかと、私たち大野崇拝者たちはひそかに嘆いていた。

私が大野先生と出会ったのは、一九七五年前後の、ニールス・イェルネが所長だったバーゼル免疫研究所であった。例によってセミナーに招かれた訪問者は、ここで働く免疫学者のところを回って討論する。そこにはまだ無名の利根川《とねがわ》進《すすむ》さんもいた。大野先生は免疫学者ではなかったから、無論初対面であった。

大野先生は、白衣を着て実験台の袖に端然と座っていた。何か実験の途中らしかった。大野先生は、ほかの免疫学者とは対照的に、免疫とは無関係な性決定の遺伝子の話をした。私は議論をする材料がなかったが、それが後に移植抗原として免疫学の寵児《ちょうじ》となったHy抗原[*7]だったと後になって知った。いつも大野先生は、そのように私たちより一寸先のことを見ていた。以後ずっと、大野先生の隠れファンになって、桁外《けたはず》れに大きな人柄に惹かれてきたのは、彼のそんな先見性のためである。ワインのコノッスール（杜氏《とうじ》）でもあった先生に国際学会などでお会いし、食事を共にするのを楽しみにしていた。思い出は数限りない。

奥湯河原の宿では、心配していたほど酒量も落ちてはいたわけではなかったが、話は弾まなかった。体を気遣って早めに切り上げようとした矢先、番頭が「そろそろ蛍が出ますよ」と呼びに来た。「よし見に行こう」と、私たちはどやどやと降りていった。大野夫妻も半纏姿《はんてんすがた》で後に続いた。

もうあたりは真っ暗だった。しばらく藪《やぶ》の中を行くと、先が落ち込んで崖《がけ》のようになっているところに出た。下に池があるようだった。蛍が出るというのはそこだった。騒がしかった私たちは急に静かになった。

しばらく目を凝らすと、右目の視界の片隅にすうっと光の尾が飛び込んできた。目が慣れると、いくつもの光の軌跡が見え、ゆっくりと後を引いて消えて行くのが見えるようになった。なぜかみな押し黙ってそれを見ていた。やがて蛍の蒼白《あおじろ》い火は、幾つともなく闇の中に現れては乱れ飛び、頼りなく明滅した。それが私には、消えてゆく脳波計か心電計の青いシグナルのように見えていた。

翌朝、玄関口で大野先生と手を振って別れたが、後で聞けば先生は昨夜のことなどきれいさっぱり忘れられていたという。先生の脳の中で消えてゆくシグナルの光。それがあの蛍の火だったのか。訃報《ふほう》を聞いた時、喪失感が尾を引いて残った。

その後、私自身が脳梗塞で倒れ、半身不随となった。病床の私の脳にも、あの夜の蛍が脳波計のシグナルのように飛ぶことがあった。いつまでいのちが続くのかわからないが、大野先生が好きでよく語った大宇宙の果てに、尾を引いて消えていくような気がした。

＊7　Hy抗原　Y染色体で決定された組織適合抗原。

春の花火

やっと訪れたと思ったらまた引き返す春。今年（二〇〇五年）は春の訪れが遅かった。私のような障害者にとって、今年の春の遅参は歯がゆかった。

三年余り前、旅先の金沢で脳梗塞の発作に襲われ、死線をさまよった後何とか生き延びられたが、右半身は完全に麻痺し、言葉は一切しゃべれないという重い後遺症に苦しんでいる。

最もつらいのは、自由に物が食べられない嚥下障害である。記憶に刻まれている春の味覚は、思い出すだけでよだれが出るが、実際には喉を通らない。それでも春の草もちの香りなど早く嗅《か》ぎたかった。

週二回は、車椅子を押してもらって東大病院までリハビリの訓練に通う。自宅は東大の目の前にあるから、通いなれたキャンパスの小道を通って、病院まで二十分ほどだ。

一時間弱汗を流して歩く練習をし、また車椅子を押させて帰るのだが、その時間が私にとっては外界の自然と接する唯一の機会である。

雪が降ったりして待ちぼうけを食った今年も、三月半ばを過ぎれば春の期待が膨らんでくる。先週まで身を強《こわ》ばらせていた桜の蕾も、今日はピンクの靄《もや》のように煙っているなどと、季節の早取りをして楽しんでいた。そういえば開花の予測も、新聞に出ていた。

ふと植え込みを見れば、犬ふぐりが可憐《かれん》な紫の花をいっぱいに開かせていた。中にも目立つ黄色の花は、カタバミらしい。杉菜が一本、直角の茎を突き出している。きっとその下には、土筆《つくし》が恥ずかしそうに頭をもたげているに違いない。寒さで周囲に目をやることもなかったが、こんな都会の真ん中でも、野草は正直に春の息吹を告げている。

目を上げると、先週までなかったものが目に入った。一本だけキャンパスに植えられた大きな辛夷《こぶし》の梢《こずえ》に、真っ白い蕾がいっぱい膨らんでいたのだ。はちきれんばかりに喉を開き、白い舌をちろちろと出そうとしている叫び声まで聞こえそうな気がする。

それは打ち上げ花火がドーンと空に開いたように、キラキラと白い星座を青空に描いていた。私は、この白昼の打ち上げ花火をしばし車椅子を止めて見入っていた。

重い障害を持って、行動半径は著しく限られているが、春の兆しは私にも平等に降り注いでいる。そう思うと、縮こまっていた筋肉が、音を立てて伸びてゆくような気がした。

わが青春の日和山

酒田の日和山《ひよりやま》に案内されたとき、私は「どこかで見た風景だな」と一種の既視感に捕らわれた。そこがどこであったか、にわかには分からずに捨て置いたが、今になって分かった。

医学生のころ、私は東京近郊の下宿から総武線の電車に乗って千葉まで通っていた。まだ戦後のにおいがしていたころだった。だれでもそうだが、二十歳になるかならないころには、悩みが多かった。

今では幕張《まくはり》メッセとして、高層ビルが連なる人工の町になってしまい、海も埋め立てられて、はるか遠くになってしまった。幕張という小さな駅を過ぎて五分もたつと、一瞬右手に視界が開けて青い海が三寸ばかり見える地点を通過する。たった二秒か三秒のことだった。私はその地点が近づくと、読んでいた本から眼を上げてその三寸の海に眼を凝らした。

よく一緒になるロシア人の混血の少女が、「ああ、海が見える。海が見える」と電車の窓に顔を押し付けるようにして叫んだのを今でもありありと思い出す。

私はある夏の日、ふと思いついて幕張で途中下車した。海の見える地点を確かめようとしたのだ。

ローカルの駅を降り、少し歩くとあの海が見えるはずのところに出る。徒歩では低くてまったく海は、見えない。そこは狭い砂利道で、切り通しの坂道が海に続いていた。少し歩くと京成電車の踏み切りがあった。その手前に、松の木が生えた空き地があり、そこは神社の敷地であった。トタン葺《ぶき》の粗末な神社だった。常夜灯と書いた石灯籠《いしどうろう》が、むき出しの地面にぽつんと置かれていた。神社を過ぎて、道はゆるいスロープで海に面した貧しい漁師町に続いていた。

私はそこで休息し、何か思いに耽《ふけ》っていたらしい。人っ子一人通らなかった。せみ時雨《しぐれ》の夕方だった。酒田の日和山で見た幻は、この体験時の既視感である。

この神社も、酒田の日和山と同じく、海の安全を祈り、常夜灯は東京湾を航海する漁師の目印になったに違いない。

昔は海の見える丘には、必ずこんな神社があったのであろう。日和山は、名前は違っても、海に近い里にはどこにでもあったものだろう。酒田のように、夕日を受けてきらきら輝くことはなくとも、この丘も南の日差しを受けて、東京湾を航行する漁船を眺め続けてきたに違いない。

それに、あの日の私を考えると、それが何か思い出せないが青春の悩みを抱え、海の見える丘の神社の空き地で思い悩み、行く末のことを考えたに違いない。日和山は、どの里でも若者にとって、人生の航路を考える場所でもあったろう。そこにきて捨てなければならぬ憂鬱《ゆううつ》や、決めなければならぬ航路もあったのではないか。日和山にはそういう役割もあったはずである。

今、幕張あたりはハイテクのビルが林立し神社のあったあたりは高速道路で海からは遮断されてしまった。海ははるか遠くなって見ることもできない。私の日和山は跡形もない。

若者は今、どこに考える場所を見つけるのであろうか。憂いをどこに捨てるのだろうか。そう思うと、あの日の日和山がいとおしいものに見えてならない。

憂しと見し世ぞ——跋に代えて

この本は、あのおそろしい事件が私の身に起こってからの一年弱の闘病の記録、「寡黙なる巨人」に、その後六年間に書いた随想を加えたエッセイ集である。

旅先の金沢で、突然脳梗塞《のうこうそく》の発作に見舞われたのは二〇〇一年の五月二日のことであった。それまで定期的に検診を受けていたが、何の異常も発見されていなかったから、まったくの青天の霹靂《へきれき》であった。死線をさまよった後、三日目によみがえったことは冒頭に書いた。あれからの苦難の日々、折々の機会に書き散らしたエッセイである。

そのとき私は死んでいたはずなのに、かりそめの執行猶予期間生き延びただけと思っていたが、まもなく発作の日から満六年になる。あっという間の夢だったといっても、長い長い苦しみの堆積《たいせき》だったといっても、どちらも真実ではない。はっきりいえるのは、ただ夢のような日々ではなかったことだ。私は真剣に、意識的に生き続けたと思う。そう、健康だったころよりも真剣に、充実して生きた。

発病直後は絶望に身を任せるばかりで、暇さえあれば死ぬことばかり考えていた。言葉を発することができないので、ただおろおろと、人のいうがままに動いていた。あのときすでに死んだのだから、日常は死で覆われていた。私は死人の目で世界を見ていた。後で考えれば得がたい経験だったが、そのときは絶望で何もかもが灰色だった。希望のかけらすらなかった。

それがリハビリを始めてから徐々に変わっていったのだ。もう一人の自分が生まれてきたのである。それは昔の自分が回復したのではない。前の自分ではない「新しい人」が生まれたのだ。私はこの「新しい人」の目覚めを、この本の中で繰り返し書いた。

その「新しい人」は、初めのうちはまことに鈍重《どんじゅう》でぎごちなかったが、日増しに存在感を増し、「古い人」を凌駕《りょうが》してしまった。今では彼の天下である。私は脳梗塞の発作によって、生まれ変わったのだと信じている。その前の自分は確かに死んだのだ。新しい自分が生きているのだ。

そんな「回生」のきっかけを綴《つづ》ったのが「寡黙なる巨人」である。この作品は、発作後二カ月のころ友人がワープロを買ってきてくれたので、使い方もわからず、左手だけで一字ずつ打って書き始めた、「鈍重な巨人」というエッセイをもとに加筆したものである。文藝春秋に掲載された「鈍重な巨人」は、私の病後最初のエッセイだった。初めて体験した死の恐怖と戦いながら、一字一字キーを探しては打ち込んだが、文脈の乱れは争えない。

「鈍重な巨人」は、やがて東京の病院に移ってから、パソコンを使って完成した。約五カ月かかった。

パソコンの操作は、リハビリの作業療法で覚えた。それでも、初めて自分を表現する方法を知った私は、時間を惜しんでパソコンに向かい、背中が痛くなるほど熱中した。看護師に厳重に注意されるほど続けたので、疲れ果ててベッドに入った。おかげで眠れない日などなくなった。

リハビリの訓練はつらかったが、こんな体でもきっと歩ける日が来る、文章を書いて社会に参加できると希望が生まれた。新しく生まれつつある人が日々成長するのを、もどかしい気持ちで眺めた。今となっては、いろいろな可能性を求めて、毎日裏切られ続けたこのころが、いっそ懐かしいような気がしている。

私は、私の中に生まれつつある新しい人をいつしか「巨人」と呼ぶようになった。期待が大きかったからでも、期待にこたえて彼が大きく育ったからでもない。ただ杖《つえ》で歩こうとするときの不器用な動作、立ち上がれないでしりもちをついたら、どんなにあがいても起き上がれないという無様な姿から、単にそう呼んだのである。

でも私は、彼に頼るしか方法がなかったのである。いつかは歩けるようになる。声だって出せるようになる。あの「巨人」がホモ・サピエンスなら、当然直立二足歩行ができるまで進化を遂げる存在と信じたからだ。言葉だって、人ならば話せるようになるはずだ。そう思って私はリハビリに励んだ。

しかしその夢は、実現はしなかった。でもあのころはどんなに苦しくて、つらいと思っても、いつかよくなると希望を持って生きていた。その希望は一つずつ消えていった。今の私は、もう自力では歩けないことも、自分の声では人前で挨拶《あいさつ》することもできないことを知っている。一日中車椅子《くるまいす》に座って、立つのはトイレで用を足すときだけになってしまった。昔のことを思えば、「憂しと見し世ぞ今は恋しき」という歌をしみじみと思うようになった。

その後の経過を書いておこう。

約九カ月でリハビリ専門の病院を退院したときは、まだ生きてゆく自信はなかったが、希望だけは持っていた。慣れないマンションで不便な暮らしを始めても、私は希望を捨てなかった。勤めていた東大医学部の好意で、大学病院でのリハビリも再開した。歩くのも、一時は百五十メートルに達した。ものも食べられるようになり、肺炎の危険におびえることもなくなった。

私はエッセイなどの執筆に夢中になり、新聞のエッセイ連載にも復帰した。著書や往復書簡集も出し、執筆活動は以前をしのぐほどになった。「巨人」が日々育っているのを感じながら仕事に精を出した。

ちょうどそのころ、NHKから私の闘病生活をドキュメンタリーにしたいという申し出があった。NHKスペシャル「脳梗塞からの〝再生〟〜免疫学者・多田富雄の闘い〜」として、秋に放映されることになるという。まだ声も出ないし、よだれも止まらぬ、いかにも見苦しい姿ではと、初めはお断りしたが、この病気の本当の姿を知ってもらうために承諾することにした。私の条件は「どんな見苦しいところもさらけ出すから、正直に私を撮影してください」、ということだけであった。

録画は四月に始まった。東大キャンパスの爛漫《らんまん》たる桜の下を、車椅子を押してもらって、リハビリに通う場面に、私はつくづく生きている喜びを噛《か》み締めた。リハビリで歩行の訓練をしているところ、歯を食いしばって体の平衡を保つところ、こらえきれないで理学療法士に危うく支えられるところなど、カメラは容赦なく「巨人」の無様な姿を捉《とら》えていた。

家では、よだれをだらだらたらしながら、苦しみながら酒を飲むところまで撮影された。でも若い弟子たちに囲まれて、学問の最先端に触れている、障害者としては意外なほど充実した日を送っていることも、偽りなく記録された。「巨人」は、こんな日々を可能にするまで育っていたのである。

私はＮＨＫのおかげで、私の内部に新しい生命が回復していることを実感させられた。これなら目前に迫っている、私の新作能『望恨歌《ぼうこんか》』の韓国公演にもついていけるだろう。この能は、先の戦争で強制連行されて死んだ韓国人が残した手紙を、彼の年老いた妻が読んで、「恨《ハン》の舞」を舞うという反戦の能である。

私と同じように、日本の侵略戦争がもたらした悲劇を、心から恥じている観世榮夫さんの、すさまじいまでの贖罪《しよくざい》の演技を、ようやくプサン演劇祭で韓国の民衆に見てもらうことができる。私はこの夢を見ながら、リハビリに精を出した。


しかしそれは長くは続かなかった。尿が出にくくなったのだ。前からその傾向があったのであまり気にしなかったが、いよいよ苦痛になったので、泌尿器科を受診したら、前立腺癌《ぜんりつせんがん》という診断だった。

もう手術できる段階ではない。私は勧められるままに、去勢術を受けた。癌との共生を選んだのだ。それに私の専門である免疫療法を加えて運命に逆らわないことにした。友人からは「玉無しの巨人」と揶揄《やゆ》されたが、身も心も軽くなった気がした。

NHKのカメラは容赦なくこの事実まで映し取っていた。放映はされなかったが、手術室までカメラは入った。

手術は無事終わって、腫瘍《しゆよう》マーカーのPSA（前立腺特異抗原）も一時は減少した。しかしこの半年ほどは上下している。癌の病巣を取り除いたわけではないから、後は自分の免疫に頼るほかない。

癌の影響はそればかりではなかった。去勢術の手術を受けるために三週間あまり入院し、リハビリを休んだおかげで、運動能力が急激に低下してしまったのである。手術前は百五十メートル歩けたのに、リハビリを再開したときには立ち上がることさえできなくなっていた。まず立ち上がって、よろよろと杖にすがって数歩歩くまでに、数週はかかった。元の状態を取り戻すのに何日かかるのか。また初めからやり直しだ。私は、そのための気が遠くなるほどの年月を思って気落ちしてしまった。

機能を維持するだけで、途方もない努力がいる。もう退歩はできない。絶対リハビリを休むことは許されない。その日から私は、雨が降っても雪が降っても、リハビリのある日は車椅子をタクシーに積んで病院に通っている。

それなのに小泉改革は、無情にもこうした障害者のリハビリを、最長でも百八十日に制限する「診療報酬改定」を二〇〇六年に開始した。改革の名を借りた医療の制限である。私は、ある会で厚生労働省の医療課長が、私を指して「あれはできる」と発言したことや、主治医の特別な計らいでリハビリを継続できたが、都立病院などでは約七割の患者が治療を打ち切られた。リハビリを打ち切られた患者の中には、機能が落ちて寝たきりになり、実際に命を落とした人もいる。多くの障害を負った患者が、希望を失い、「再チャレンジ」を諦《あきら》めざるを得ないという非常事態に陥った。

制限日数を超えた患者は、介護保険のデイケアのサービスを受けろという通達が出された。しかし、介護保険では医療としてのリハビリは受けられない。医師や療法士の処方などないからだ。大部分は、認知症予防のお絵かきや唱歌などのレクリエーションが主な高齢者サービスである。それに、介護保険の対象にならない若い患者もいる。治療を拒否されて、行き所のなくなった患者は、「リハビリ難民」と呼ばれた。

私は新聞に投書したり、総合雑誌に書いたりして、この非人間的暴挙を告発した。社会では最弱者の、障害を持った患者が窮地に陥っていることを訴えた。同じ苦しみを実感していた関西のリハビリ科の医師グループと、「リハビリテーション診療報酬改定を考える会」を作って、反対の署名を集めることになった。目的はこの乱暴な日数制限の白紙撤回である。

私は半身不随で何もできなかったが、「考える会」の医師たちと患者会が、献身的に動いてくれたおかげで、署名の呼びかけから四十日の短期間で、四十四万四千二十三人の署名が集まった。

私はこれを、「考える会」の医師たちや患者会の人たちとともに、厚労省に届け、担当官に手渡した。署名簿は、厚労省が用意した長い机の列にあふれるほどに積まれた。

締め切り後も、署名は増え続け、最終的には四十八万人にも達した。それほどにこの改定は、国民の不安を増長したのである。それは当然だろう。この改定によって、患者は生きる権利まで奪われ、しかも高齢者を抱える家族にとっては、いつわが身に降りかかるかもしれない問題となったのだから。

ところが受け取った厚労省は何の反応も示さなかった。四十八万の国民の声は無視されたのである。

私は暮れも正月も、精魂こめてこの冷酷な制度を世に訴える論文を、総合雑誌等に書き続けた。新聞もこれに呼応したように、厚労省のやり方を批判した。二十紙にあまる地方新聞は社説で非難した。朝日新聞などの大新聞は無視しようとしたが、地方紙には気骨がある論調が多かった。地方自治体も、反対の議決を相次いで可決した。運動は燎原《りょうげん》の火のように広がったが、厚労省は無視し続けた。

やっと一年もたったころ、厚労省のお役人ではなく、保険診療の医療費を審議する「中央社会保険医療協議会（中医協）」の土田武史《つちだたけし》会長が、見るに見かねて緊急の見直しを命じた。四十八万人の署名が提出され、難民と化した患者が出ていること、受け皿になる介護保険が不備であるという情報さえ知らされなかった縦割りの行政、制度の周知がなされなかったため、医療現場の混乱が起きている事実を知らされて、会長は早急に対策を講じなければならないと判断したのである。

看過することはできないと認めた土田中医協会長の、ヒューマンな英断による緊急な見直しと仄聞《そくぶん》した。厚労省や、支払い基金側の抵抗を押し切っての、異例の再改定であった。人間不信に陥ることが多かったこの事件で、唯一のさわやかなニュースだった。

その後厚労省は、限られた疾患の上限日数の緩和や、当分の間という条件付きで、介護保険では対応できない例の維持期のリハビリを、いやいやながら認める異例の通達を出した。

このニュースは新聞でも朗報として取りあげられ、これで一歩前進と思ったがそうではなかった。狡猾《こうかつ》な厚労省の役人は、問題が緩和されたと思わせておいて、土田会長の改定案を、ほとんど無効にする条件を付け加えることを忘れなかった。

まず上限日数を緩和したのは、心臓血管疾患などのごく限られた疾患のみで、大多数を占める脳血管疾患などは含まれない。その理由は、今回の見直しの基礎となった調査のアンケート設問が、厚労省の指導の下に作られ、歪《ゆが》められた結果しか期待できなかったからである。ほかの機関の調査と、データがあまりにも違うのはこのせいである。氷山の一角しか摑《つか》めなくする意図的な統計処理の結果、また救われない患者が出たのである。

維持期のリハビリが一部解禁されたといっても、介護保険のリハビリが対応できるまでの当分の間の措置に過ぎない。もっと許せないのは、診療報酬の逓減制《ていげんせい》を持ち込んだことである。上限日数を超えて治療を行う場合は、報酬を安く設定するというものである。診療を受け付けない医療機関が出るのを防げない。

これでは医療をやりたくてもできない。まるで、やれるものならやってみろといわんばかりではないか。そのほかに「リハビリテーション実施計画書」という面倒な書類を医師に作らせ、三カ月おきに厄介な基準で状態改善の記載を申告させるとか、診療をやる気が起こらなくするようないやがらせをしている。これらは、まとめて別に告発するつもりである。土田会長の目が届かないところで、こういう策をめぐらして、結局は診療を制限しようとしているのである。厚労省の官僚は、ここまでやるのである。

長期にわたるリハビリを、なんとしても介護保険に強制的に追いやろうとする厚労省の魂胆に、私は深い疑問と不安を持っている。今行われている比較的安価な医療保険のリハビリを捨てて、高額な設備や人的予算のかかる介護保険のリハビリ施設を新設することの意味は何だろうか。そうでなくとも、破綻《はたん》寸前といわれる介護保険に、リハビリ難民が押し寄せて、対応できるはずがない。医療保険と違って、地方自治体の管轄の介護保険に丸投げして、国は医療費も責任も逃れようとしているのだ。

それよりリハビリを本当に必要としている患者は、身体介護などで介護保険のポイントを使い果たしていることが予想されているではないか。そういう人たちは、必然的にリハビリは諦めなければならない。結果的には、合法的な治療切り捨てになって、生命の危険を招く。そんなところに厚労省が持っていこうとしているならば、これは立派な国家犯罪である。私はまだまだ戦わなければならない。

こうして私の中に生まれた「巨人」は、いつの間にか、政府と渡り合うまで育ってくれた。死ぬことばかり考えて、生きるのを恐れていたころとは違う。今は何も恐れるものはない。命がけなら、私にもできることはあるだろう。厚労省に四十四万人の署名を持って乗り込んだのだ。失うものは何もない。

「巨人」は、相変わらず動作は鈍いし、歩くこともできない。原稿を書くのも人の十倍の時間がかかる。まだ声は数音節しか続かないし、発音は不《ふ》明瞭《めいりょう》だ。日常生活では相変わらず口数の少ない「寡黙なる巨人」に過ぎない。

でも私は彼を信じている。重度の障害を持ち、声も発せず、社会の中では最弱者となったおかげで、私は強い発言力を持つ「巨人」になったのだ。言葉はしゃべれないが、皮肉にも言葉の力を使って生きるのだ。

私の新作能の『一石仙人《いっせきせんにん》』が、二〇〇七年秋にはボストンで上演されることが決まった。私も行ってメッセージを電子音声で伝えなければならない。ほかにも沖縄戦を題材にした『沖縄残月記』の、沖縄公演も見届けなければならない。

今、厚労省の役人に負けてはいられない。これも弱者の人権を護《まも》る戦いなのだ。私は自分の中の「巨人」にこう語りかける。今しばらくの辛抱だ。これまでの苦痛に比べたら、何ほどのことがあろう。戦え。怒れ。のた打ち回れ。「寡黙なる巨人」は声で答えることはできないが、心に深くうなずくものがあった。

二〇〇七年五月

著者

解説

養老孟司

多田富雄さんは、東京大学医学部で私の同僚だった。多田さんの専門は免疫学、私は解剖学だったから、仕事上は直接の関係はない。医学部本館という建物が赤門の突き当たりにあって、多田さんは北側、私は南側にいた。たまに鬱屈することがあると、多田さんの部屋に行き、ブツブツいって暇を潰すことがあった。多田さんはたいていお酒を出してくれようとしたが、私は大量に飲むくせに酒が好きではないから断った。

多田さんが定年で大学を辞めた一年後に、私も辞めた。定年前だったが、もう大学にいる気がしなかった。多田さんがいないということも大きかった。近くに話し相手がなくなったからである。わざわざ話さなくたって、そういう人がいるだけでなんとなく安心。そういうことって、あるでしょうが。

なにを話したかって、特別なことはない。きちんと決められた業務、それを果たすことだけが仕事であり、人生である、ひたすらそういう世界で、まったく違う話ができるのが多田さんだっただけのことである。

高校時代から鼓を習ったこと、それも問わず語りに聞いた。能が好きだなんて、変な医学部教授だわ。でもわかる。私は虫が好きで、これもはなはだ変なことだったから。

教授会が嫌いなのも、似ていた。私が本を何冊も教授会に持参して読んでいたのを多田さんはよく知っており、ときどきその話をして笑っていた。ある学部長が狭い教授会の部屋にマイクを入れたから、そのあとは発言がウルサくて本が読めなくなった。おかげで私は教授会に出なくなった。多田さんが定年になったころである。

大学を辞められてからは、お会いする機会が減った。元気でおられればそれでいい。そう思っていたから、あえて事務所にもお宅にもうかがわなかった。本や雑誌で対談の機会があったり、鎌倉で薪能があったときに、たまにお会いするだけだった。私は多田さんの笑顔が好きだった。まさに破顔一笑なのである。

病気をされたと聞いて、アッと思った。大学から離れて、自由に暮らしておられるのだから、ストレスが減ったはずで、まさかと思っていたのである。西アフリカにいった話を当人からお聞きして、乱暴なことをするわなあ、でも元気だなあと思っていた。

しかも球麻痺で、ほとんど全身が動かず、発語に障害がある。そう聞いて、私には手が出せないと思った。だってどうしようもないからである。でも多田さんはリハビリに励んで、恐るべきことに、それから何冊も本を書かれた。その白眉がこの『寡黙なる巨人』である。

寡黙なる巨人は、発作時の多田さんの夢のなかに現れる。それがなにを意味するか、それは読者にお任せしよう。ともあれこの叙述は、いわゆる臨死体験に近いものだと思う。でもさすがに多田さんの体験は凡百の臨死体験とははっきり異なっている。畏《おそ》ろしく、美しく、皮膚感覚に迫ってくる。これほど美しい死の世界の描写を私は見たことがない。ボルヘスは、実際のサヴァン症候群の患者の存在が一般的に知られる以前に、すべてを記憶してしまい、そのため記憶から逃れられない人を作品のなかで描いた。作家の天才は科学の先を行く。

多田さんの描写を超える臨死体験の記述は、当分現れないであろう。

臨死の際の脳は、おそらく自分が危機にあり、死に近いことを知っている。外部的には当人に意識はないように見える。そのとき内部に生きているわずかの意識は、ある世界を描き出す。それはその人の死のイメージであり、死に対する連想である。だから臨死体験のなかには、死者がしばしば登場する。しかもそれは自分が直接に身近に体験した死者なのである。キリストだってお釈迦様だって、死者であることに変わりはない。でもそういう人たちが死の連想のなかで現れることはない。われわれの意識の奥深くに刻まれているのは、自身が直接に体験した死者のみである。だからヴェトナム戦争に従軍した兵隊が臨死体験をしたとき、そのなかに現れたのは、同じ小隊のすべての戦死者だったのである。感覚的に死者を遠ざける現代に、死に対する理解が薄くなったのは当然というべきであろう。その意味で、死とは理屈ではなく、感覚なのである。死に対する多田さんの感覚のみごとなこと。多言を要すまい。

世間的にきちんと多田さんのことを説明するなら、元千葉大学教授、東京大学教授、東京理科大学生命科学研究所長、野口英世記念医学賞受賞者、文化功労者などということになろう。著書『免疫の意味論』は「自己とはなにか」について鋭く考察し、自然科学界から思想界に大きな影響を与えた。余計なことを付け加えるなら、この中で多田さんは私の『唯脳論』を意識した節がある。自己にとっては脳より免疫のほうが重要なんだよ。胚の時期のニワトリにウズラの脳を移植しておくと、ニワトリが大人になるころに、移植されたウズラの脳は免疫系により排除されてしまうからね。多田さんはそういった。

そのとおりで、私にはべつに反論はない。私が脳がすべてだと主張したと思われているのは、単なる誤解である。

でもじつは私は、こうしたお仕事が多田さんを表すとは思っていない。その意味では解説を書くには不適任かもしれない。多田さんが本当に好きだったのは、芸術に示される美であり、だから文学では詩であり、能楽だった。だから多田さんは新作能を書いた。脳死を題材にしたこともある。

この『寡黙なる巨人』のほかに、私が多田さんの一面をみごと示していると思う著作には、雑誌「新潮」に連載され、ほぼ絶筆となった『残夢整理』（新潮社）がある。これは若いときからの交友関係、師弟関係を描いたもので、多田さんの人間的な面がだれにでもよくわかるはずである。多田さんの病後の作品を代表するものとして、私はこの二作を挙げる。鳥のまさに死なんとする、その鳴やかなし、人のまさに死なんとする、その言やよし。『寡黙なる巨人』のなかで、私の胸を撃つ記述がある。病気の前に自分は生きていなかったが、病を得てからは、毎日生を感じているという意味のことである。これだけは現代人の心になんとしても届いて欲しいと、私が思うことである。多田さんは動く指ただ一本で、これだけの作品を書いた。あんたら、なにを寝ぼけてるんや。五体満足でなにをブツブツいうんか。ふざけんじゃない。

現代人は生きることを失って久しい。能は中世の世界で、中世とは人が生きる世界だった。それは同時に死をつねに意識することである。平和な時代の人たちは、それを乱世とも呼ぶ。多田さんの人生がよかったか悪かったか、そんなことは知らない。でも多田さんが最後に真の意味で「生きた」ことだけは間違いない。それは素晴らしいことで、きっと多田さんはあの笑顔で、いまも心から笑っているはずである。

この作品は二〇〇七年七月、集英社より刊行されました。

集英社文庫

寡黙《かもく》なる巨人《きょじん》

2010年7月25日　第1刷
2021年12月12日　第8刷

定価はカバーに表示してあります。

著　者　多田富雄《ただとみお》

発行者　徳永　真

発行所　株式会社　集英社
東京都千代田区一ツ橋2-5-10　〒101-8050
電話　【編集部】03-3230-6095
【読者係】03-3230-6080
【販売部】03-3230-6393(書店専用)

印　刷　凸版印刷株式会社

製　本　凸版印刷株式会社

フォーマットデザイン　アリヤマデザインストア　　マークデザイン　居山浩二

ISBN978-4-08-746592-1 C0195